BILHETES PARA WALLACE

Paulo Venturelli

BILHETES PARA WALLACE

KOTTER
EDITORIAL

INTROITO

Vivi com Joaquim por 17 anos. Uma relação calma, sem os afogueamentos da juventude. Eu estava com 51 anos, Joaquim, com 45. Numa noite de sábado, quando nos preparávamos para ir a uma festa de amigos, Joaquim chegou por trás de mim, me agarrou pelos ombros. Pediu que eu sentasse na poltrona do quarto. Ele abancou-se na beirada da cama. Foi direto: Paulo, encontrei um novo companheiro. Preciso me separar de você. Seus olhos estavam secos. O rosto não demonstrava nenhuma crispação. Algo no meu interior enrijeceu. Resolvi não argumentar. Se ele afirmava estar com outro cara e iria me deixar, tudo fora decidido. De que adiantaria eu tentar discutir a situação? Aceitei o inesperado, o impossível. Fui até a sala e coloquei um CD de Jimmy Scott. Fiquei ouvindo "Nothing compares 2 U". Um copo de uísque. Joaquim preparou duas malas. Com uma em cada mão, chegou onde eu estava e falou com calma: Não vou pedir desculpa. Não me sinto culpado. Quero que você saiba que estes 17 anos foram intensos. Fui feliz. Não vou esquecer você. Agora estou noutra fase. Eu lhe devolvi um sorriso apaziguador. Ele ainda esclareceu que noutra ocasião viria buscar o restante de seus pertences. Levava o que era indispensável. Abriu a porta devagar. Não a trancou com a chave. Ouvi quando o elevador chegou. Viver também comporta tais momentos. Evitar o sentimento de solidão não dependia de minha vontade. Senti o vazio pelo enorme apartamento comprado por nós dois. Ainda faltavam três anos para a quitação. Uma ideia meio cínica tomou conta de mim: vale a pena me entregar? Fui até o escritório. O computador estava ligado. Assistíramos a um filme à tarde. Não houve tempo para discuti-lo com veemência. Procurei um site de serviços de acompanhantes. Um rapaz mais lindo do que o outro. Minha atenção caiu sobre um garoto novo: Wallace, 19 anos. Vestia uma cueca branca a revelar seus atributos. Moreno. Olhos verdes – claro que são lentes. Cara de sapeca. Acreditei que a presença dele teria um efeito relaxante no primeiro fim de semana sem Joaquim. Liguei para o celular que constava na tela. Ele me atendeu ao segundo toque. Voz rouca, provocante, firme. Expliquei quem eu era. Quanto você cobra? Ele: depende do que o senhor quiser. O que você faz? Ele: realizo todas as suas fantasias. A segurança ao falar, a boa disposição, a alegria maliciosa de suas palavras me convenceram de que ele era o indicado para a noite. Não apenas um profissional. Alguém que gosta do que faz e tem iniciativa. Liguei para o porteiro. Vai chegar um amigo meu. Não precisa me avisar. Pode mandar subir. Wallace demorou 45 minutos. Ao lhe abrir a porta, encontrei um garoto de bermuda quadriculada, camiseta vermelha acentuando sua tez morena. Cabelos negros, cachos caindo sobre a testa. A mochila nas costas. Pediu licença e entrou. Colocou o trambolho ao lado da poltrona. Posso me sentar? Claro, por favor. Perguntei se queria beber algo. Ele: se o senhor tiver uma coca, aceito. Não bebo álcool em serviço. Encarei-o nos olhos. Escuta, garoto, diante do que estamos prestes a fazer, não tem sentido me chamar de senhor. Somos amigos. Que tal me chamar de você? Ele bebeu a coca de um só gole. Fui até o vídeo e coloquei um filme pornô. Efebos se cavalgando. Wallace riu: o senhor tá bem assanhado, né? Depositou o copo no balcão e veio andando lento em minha direção. Sentado, eu esfregava as mãos nas pernas. Wallace desabotoou a bermuda. Acavalou-se sobre minha perna esquerda. Reclinando o corpo, me deu um beijo abre-alas. Acariciei seus contornos. Tirei a camiseta. Que delírio de beleza. Ser jovem é o supremo pecado. Saiu do apartamento às 6:15. Tinha compromissos assumidos antes de eu ligar. Pedi que voltasse ao estar livre. Lá pelas 17. Arrumei um lanche caprichado, mesmo ainda sem saber do que ele gostava. Foi pontual. Trocara de roupa. Beleza a toda prova. Buscamos o sofá. Depois a mesa. A partir daí, o relacionamento estendeu-se por 5 meses. Encontros sempre à noite, ou à tarde, quando eu já me livrara do trabalho. Duas, três, cinco vezes por semana, ao sabor da vontade dele ou sob o comando da agenda. De repente, Wallace desapareceu. Liguei milhares de vezes para seu celular. Dava na caixa postal. Nunca lhe perguntara o endereço. Certa feita ele me confidenciou que mantinha uma relação estável com um policial. Teria o fulano se enfurecido com alguma coisa e dado fim ao moleque? Procurei-o por onde devia. Nada. Pelo menos Wallace me fez atravessar a paisagem sem Joaquim até a solidão – livre de maiores transtornos. Joaquim retirara mais alguns pertences, ocasião em que conversamos sobre a sua vida. Ele quis saber se eu encontrara alguém. Neguei. Os 5 meses com o meu guri foram renovadores. O interessante (estranho) é que 17 anos com Joaquim não me marcaram tanto quanto o período com o mulato danadinho. Toda vez que senti sua falta, a mordida do vácuo, anotei minhas sensações. Em sua homenagem, resolvi reunir estes pequenos textos. Nunca tive intenções literárias ou me deixei levar pelas garras da razão. Cada linha brotou da turbulência sensorial e conserva o sabor do momento. Talvez possam ser consideradas um pouco repetitivas. Não importa. Do jeito que nasceram, no óleo da obsessão, eu as apresento neste livro. Um fantasma dentro de mim me comanda a preservar a memória de Wallace, trigueiro, guloso, amante do prazer. E há ainda um dado interessante que nunca questionei: nossos encontros se davam em hotéis ou motéis. Sem saber a razão, Wallace evitava me ver aqui. O resto, bom, o resto é o silêncio do corpo.

Paulo Lima Peccarelli

Quero apenas uma última vez tentar compreendê-los,
começar a compreender como tais seres são possíveis.
Samuel Beckett
Malone morre

Os apaixonados, os monomaníacos, são criaturas de exceção que, impelidas por uma única exigência, se aferram a um único objetivo. Quando se apodera de nós, a paixão desafia os conformismos, as conveniências, os tabus. Contradiz nossos comportamentos rotineiros, nossa imagem social. Faz cair as máscaras. É, por natureza transgressiva.
J.-B. Pontalis
Freud com os escritores

Na minha opinião, há profetas e messias demais por aí tentando convencer o mundo de seus poderes.
Iain Pears
O círculo da cruz

1.

Tocar um blues em teus mamilos de adolescente. 19 anos
na orla do tesão. Só Adão tão perfeito – era inocente,
longe do barro da vida. Redolente pau de glande rubra
quer o empenho da outra língua. Vagabundo luminoso
como Rimbaud. A saúde diz: uma beleza a fazer mal
ao fígado. Alcoolismo animal. Penha com cheiro de
pistilo. Ah, este nutriente de tuas veias, de teu deleite em
deitar-se. Te possuir em suor e lágrimas. E a vitalidade
esparramada entre lençóis em desordem.

2.

Magnético, arrebatador, hipnótico. Deita seu corpo na cama. Sua magreza deixa os ângulos aduncos. Seu sexo floresce entre pernas de pelo negro. É um nômade a esperar a hora de oferecer prazer. Delito de ócio feito um colapso da vida. Nada se contém sobre aquele níquel de corpo jovem. Seu sorriso é repouso – mostra um dentinho quebrado, coisa de menino. Moleque, se entrega em temperatura com odor de mar. O pau coagula a safra lúbrica dentro da boca do velho. O aqueduto do cu se oferece para a língua festejar a linfa da tempestade. Um desejo em escala. Rumo: inferno.

3.

A noite passa entre os braços de garoto esplêndido. Cabelos pretos eriçados com gel. Pele morena. Sobrancelhas tão negras – dão um toque irônico à expressão do sacana. Nariz em busca do céu. A boca – um estirado róseo. O peito sem nenhum desenvolvimento, passarinho querendo ser caçado. A rola úmida a noite chupa. O garoto se reclina contra o espaldar da cama. Sorve o prazer. A beleza é tanta que causa enjoo. A noite quer espicaçá-lo. Gerente do cio macio, camurça, veneno, regaço – esquecer a febre da vida e nutrir outra febre – deixar o coração selvagem.

4.

“Sorriram os Divos ante a arenga (...).”
Cyro dos Anjos

Os divos descem a escada. Roupas negras. Cabelo curto, raspado na base do crânio, como é moda. Os peitos – leve saliência. Gestos firmes em que não se encaixa nenhuma névoa. Belos em seus rostos barbeados, esguios em sua magreza. Saúde viril. Mulatos. Passo a passo se deslocam à arena. Ali despem as vestes – mostrar ao mundo a intocabilidade de seus corpos. O cacho do sexo vibra sob pelos rútilos. As rolas se distendem além do escroto. Os divos são rapazes fascinantes, param o sol. Acariciam suas varas e mostram quanta vibração tiram dali. O destaque está em você.

5.

O perfume mágico da tua carne. Terreno oscilante. Prego ali minha potência muda do olhar – um geômetra do silêncio. O deslocamento do mundo rumo aos teus olhos negros. Neles me aninho com microfestas. Espero o gêiser da tua gentileza arrebatar mais meu encanto. Me recomponho no visgo do teu suor. És perspectiva colocada no centro do quarto. A galáxia somos nós. A feição de rapaz mulato me rouba a segurança insular. Te vejo oceano, ondas que sabes distender nos braços que te envolvem.

6.

"a liberdade é quanto fazemos"
Marcelo Sandmann

Ávido. Substantivo. Corpo adorado. Mínimo retrato.
Fenda no coração. Punção. Pegada. Júbilo. Noivado com
a luminescência. Desbravamento. Esperma. Corcoveias.
Pânico de luz. Neon da rutilância. Corpo e calor.
Troncos, prepúcios, glandes. Esfuziante apelo. Posse.
Magistratura da carne. Quase sangue. Eflúvios. Garras
danadas. Costas lanhadas. Paus em ebulição. Bocas que se
mordem. Amplexo complexo. Gula oblíqua. Sem medo.
Delírio. Tremores úmidos. Cama em ritmo. Lençóis
enrugados. Unhas. Dedos devastadores. Pleromas
alvíssaros. Cachos encarnados. Cabeça do pau. Jangadas
no mar. Espasmos. Cus encurralados. O convidativo
cheiro das mucosas. Leão murmurando. Lascívia. Langor.
Nervos distendidos.

7.

Meu propósito: retalhar tuas carnes. Te cortar em postas. No sangue pelo lençol desenhar hieróglifos. Sinais de tribos velhas. Te temperar com pó lúbrico. Arranco tua medula, teus nervos. Consolação estéril. Dispor de ti. Maneirismo ameríndio. Sou barroco até o calcário do meu vinagre. A equívoca intriga – dançar ao redor dos restos. Estás submetido a mim num vazio em chamas. Minha veneração precisa de escracho. Permitir que andes por aí na fuligem de outros desejos? Mapeio teus destroços. Quando dissolveres a distância, junto cada fragmento – enredo da volta. Assistirei aos nossos paus – gladiadores rompendo o umbigo. No tosão, pequenos animais silábicos. Para tanto fomos feitos com a fórmula de sermos iguais na infinda diferença.

8.

Estávamos na praia. A areia acinzentada. Capim rasteiro, ressecado. Tínhamos ido à mercearia comprar pão. Esquecemos o pão e bebemos algumas cervejas. Você vestia uma sunga branca e o volume do sexo deitado era um céu esperando a entrada do convidado. Andamos na praia. Meio de viés, de mãos dadas. Chegamos àquela colina de pedra. Ali nos deitamos. O deserto em torno. Um pegou a boca do outro e mascou como pôde. Os paus afloraram, brotando das sungas. Nossos dedos ficaram melecados. Entramos nas ondas. A espuma lavou nosso atrevimento. Aí você riu muito. Se debruçava de tanto rir e não explicava a razão. Voltamos à mercearia. Sem esquecer o pão, pegamos o rumo de casa e fizemos sanduíches de queijo. Depois a cama.

9.

A imagem é clara: ele tem uns 19 anos. Fetiche de moreno. Veste jeans desbotados nas coxas. Calças justas a fim de revelar os corcoveios do corpo. Tênis brancos. Nada de ar de embaraço. Seu tônus vital convida a mão a bolinar ali. Ele é firme na postura, no ar de apresentar-se à admiração. A camiseta estampa as inabaláveis inscrições em inglês. Sob a camiseta o peito tem milênios de tesão ondulado em mamilos proeminentes. Todo singular, compila os traços de uma geração de ídolos da rua. A aragem que brota dele solta perfume agreste. Cada lance suscita o desatino. É o remate do ardil. Um falcão em vigília.

10.

A faca corta, rígida, petulante. Rasga, espicaça, estraçalha – invasiva. Corre célere aos riachos de sangue. Ali encontra os ossos. Executa os ossos, esfrangalha. Laboriosa investe seu fio contra os mitos, revela-os de palha feitos. A faca sabe de tudo. Assim, talha o fruto ainda há pouco sensaboroso, agora maldito. A faca sabe. A faca amputa, reduz, abrevia. Na veia do cântaro velho a faca afina-se, comprime a veia, destronca a flor, cuja pétala nem nascera. A faca é má. Sua natureza animal rejeita o ar, tosquia o gosto, trunca o ressaibo do sentido. A faca má, vil, purulenta. Agachada, encolhe a fibra. Rasteira, prostra o alento. Horizontal, anula o vértice.

11.

A agonia é serpente lenta. Mastiga os pequenos tijolos, esmaga os ovos, sem sequer chupá-los. Vai coleando pelos rastros de sangue como uma rainha estragada e encontra poços em que a quantidade de pólvora está pronta. Não para festim. Para explodir o que restou dos destroços da ponte a levar ao outro lado. O outro lado evaporou-se numa névoa impossível e quem estava ali desvaneceu-se sem nome, entre urtigas, arbustos ressequidos, cisternas queimadas. Nos rastros visguentos da serpente pingam grúmulos de doença. Aquela conhecida: o ser é metade, o ser não tem sustentação própria, o ser está enrodilhado na última lã criada por homens com dissimulações em seus cigarros. Se alguém tocar a serpente, ela não se desfaz. Robustece sua natureza e pelas frinchas da face planta sementes. Desponta pequena planta de folhas ásperas e as mãos que se predispunham ao carinho são escoriadas feito frutos indisponíveis. A serpente lateja na mesma pulsação do sangue e não remove as travas dos olhos porque os olhos, até outro dia, estavam orientados para um ponto fixo e foram agora desgovernados, atos sem insistência em olhos mais cavos, empanados.

12.

Não vou ter medo. Você há de abrir suas asas e acolher minha sofreguidão. Com dedos incandescentes quero circundar teus mamilos e ali abrirei caminho para meus lábios chegarem aos teus, transportando as marcas da viagem. Venho de longe e há tanto tempo que às vezes penso não saber o que procuro. Na primeira foto, foram teus mamilos o primeiro índice que me ensinou o quanto eu deveria a você. Na segunda, a toalha e a mão cobrem o sexo e ainda assim a fina carreira de pelos rumo ao teu umbigo me empolgou no sentido de agarrar-me a este endereço e chegar em casa. A pele amorenada, a tez de veludo, a insinuação das curvas cravaram em mim a caravana de setas a indicar por que devo postar-me na certeza de te alcançar, fato de cheiros e calor, gestos e murmúrios, saliva e suor à sombra da fusão. Carimbaremos nossos passaportes. Meu sexo unido ao teu formará massa de alvenaria justa a cada oferta que um tem para fazer ao outro. Sei que serás leve, de alguma forma sei que o ritual de enlace tem possibilidade de pontilhar meus dias. Dispensarei as ruminações. Quando te devoro, me torno homem, não aquele com H maiúsculo, homem simples, doravante irmão dos caules. Certas corolas com fome de orvalho. Minha ardência é doce e será doce a palavra guardada na tua. Estou disponível ao teu regaço e ao te acolher na minha febre espero que reconheças um sinal de boas vindas. Teu nome deixa de ser palavra. Torna-se fato. Contigo pago o pedágio da locução mais tola:

8·2016

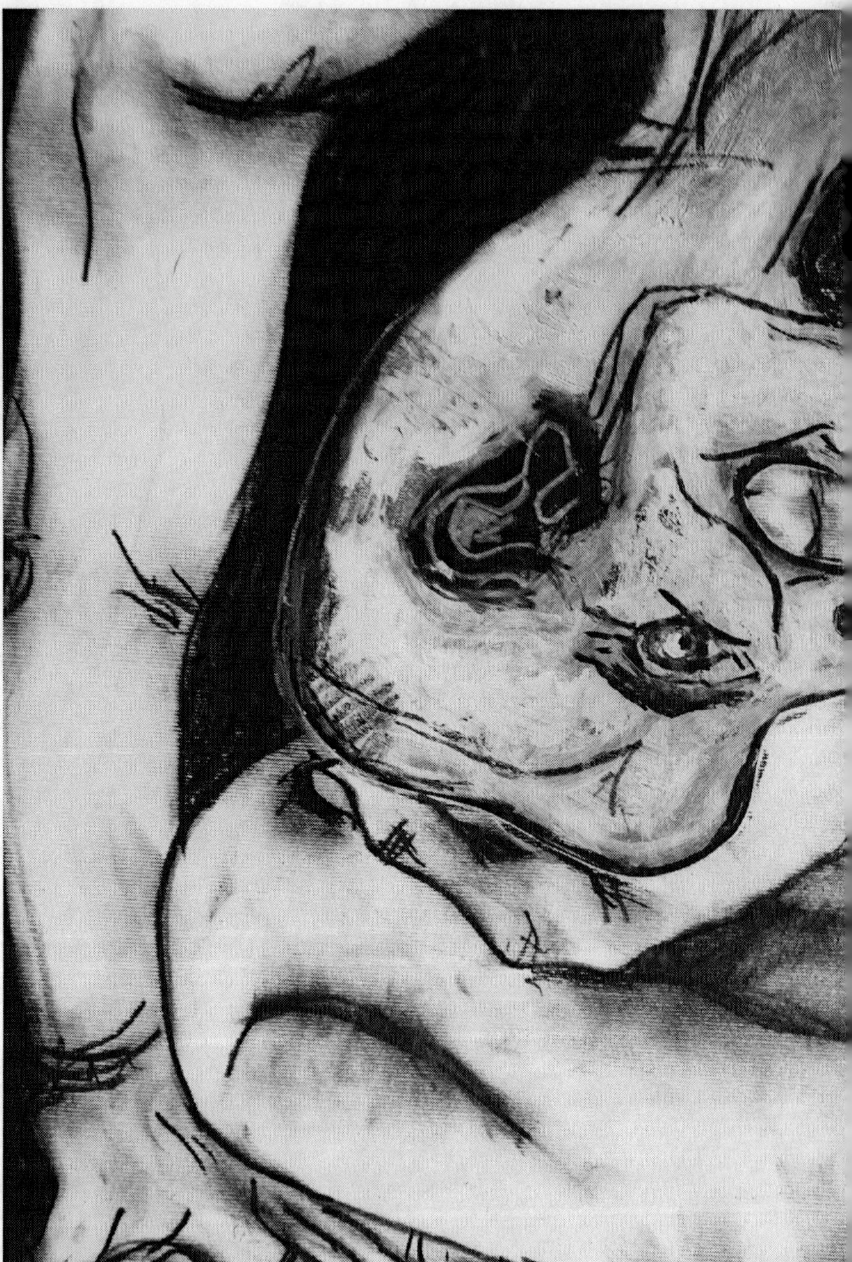

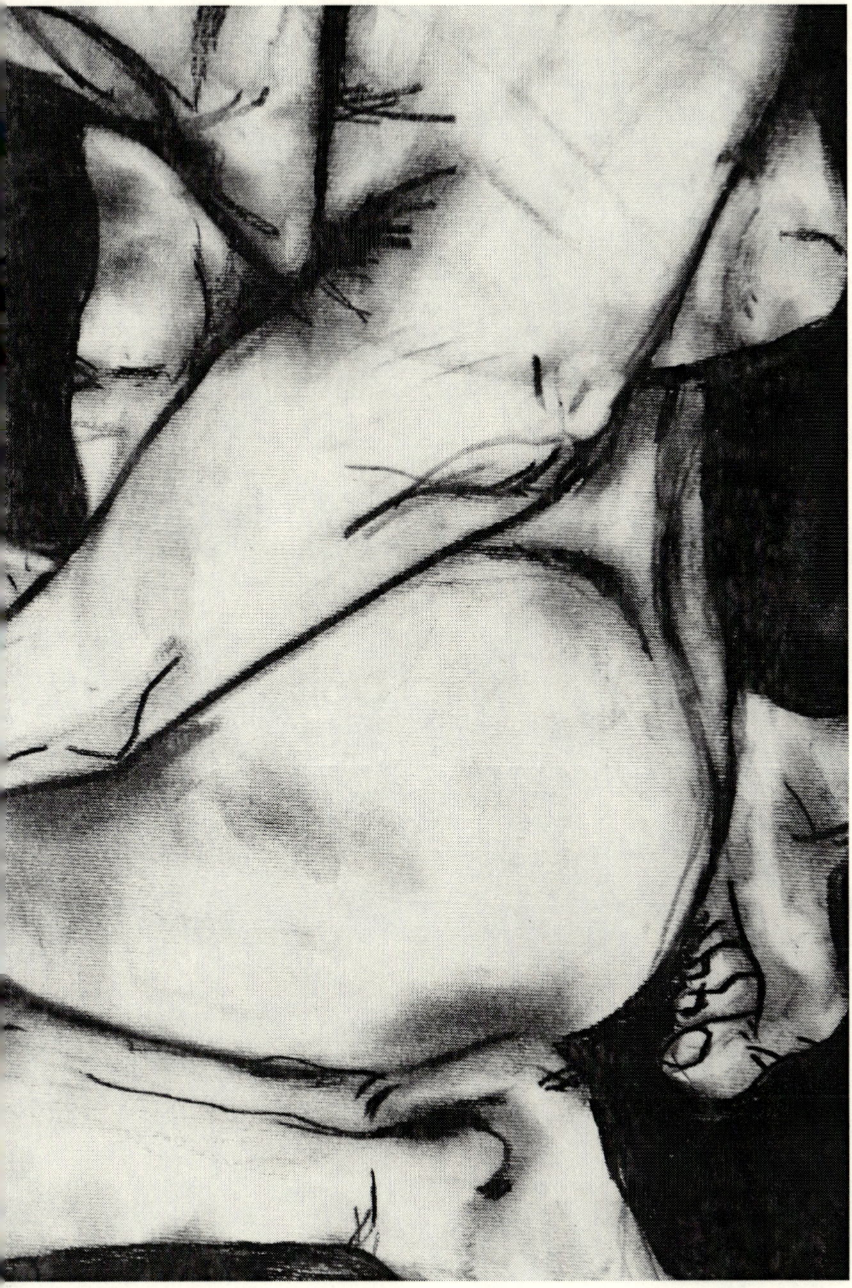

13.

No teu corpo queria estraçalhar os ferros que me ferem
e me fendem desde a memória da fruta ainda sem cor.
Nem que fosse por um segundo de trégua. Me apascentar
na morenidade elegante que esboças para o mundo,
umedecer meu lábio no teu. Então teríamos palavras.
Então eu ficaria quieto para que, no silêncio, minha
mania maneira manifestasse não a memória, mas a massa
que modelo contigo. E tua miséria te afasta de mim.
Ignoro que voo é este teu. Os horizontes são injustos
comigo. Sugam teu corpo, alargam demais o indomável,
potrinho de brincadeiras táteis. Meu fluxo de convicção
está no pires. E o teu calor? Agora não me enrodilho em
ti. Agora a página em branco quer me comer. Agora suo.
O esguio em ti é um arco de passagem. Eras ofegante,
vibravas dentro de mim. Um rodopio desenfreado e eu
comia tua boca, lavava minha roupa no seu suor. Menino.
Como foste andar tanto na vida? Estou parado diante do
número de outro rapaz. Quem é ele? Que farei quando
ele chegar? Sabes aquela história que narra a trajetória
da rosa pulsante? No teu corpo quero remendar meu
guarda-chuva e a lenda. Com os solavancos de sempre.
A parede aderna. O quadro se desbota. Te captei em
alguns instantâneos. Nu, o pau escorrendo seus abismos.
Besunto minha memória com tua chama.

14.

Não houve tempo para te acalentar com a canção de urzes da cidade. Nem para meus braços de paliçada estreitarem teu corpo assanhado, disposto pela noite, buscando arfar sobre buracos. Foi tudo um zapear por certos poros. Da primeira vez, agarraste minha mão e ela deslizou sobre o sexo a escapar da cueca. Raspaste tudo, não tinhas pelo, só a mancha encapelada do que houvera ali. Mesmo assim não me furtei de ir inscrevendo fins de labirintos e começos de nadas no negror do teu cabelo, no teu pau alvíssaro a saudar meus lábios. Garoto do frescor, nenhuma hesitação. Garoto do meu atordoamento. Na noite indomável trancei os dedos nos teus e pensei: será que o taxista percebeu? Rumino aquelas andanças. Rumino. A libertinagem orgástica agredindo meus santos cuidados de não-ser. E fui. Devenir. Garoto, e este traço magnético a subir de teu ar, tua graça, tua soltura. Fervilhante voltei à minha casa, tomei um café a fim de acreditar e nunca acreditei. Tornei-me analfabeto. Só leio os vestígios gravados do teu corpo no meu corpo. Eu te respiro.

15.

É claro, é claro. Eu poderia ver em ti um anjo. Anjo da vertigem. Agudo potro na soltura do pânico. Do pânico da noite repleta de maremotos, gestos. Teus gestos. O uso nuclear ao qual me dirigia. Tu, um anjo de cu intocado e querias ser fodido dentro de uma graça investida de mistério. É claro. Nunca te entendi, garoto de admirável segurança. Eu, soletrando as raças da precariedade. Por que invadir-te no círculo dilacerante de tua carne nunca rompida? Por que como ganho enfeitiçante arrombar sem hesitação os ares plenos em que a ferida de nossa mortalidade nos faz mais ainda transitórios? No arrebatamento, rezei uns salmos agrestes, aqueles colados em minhas costas pelo visco de tuas sílabas. Anjo indomável e submetido ao osso meu. Anjo ainda não vulnerado. Agora o fungo do passado alastra-se nesta sombra – a condição de ser. Fecho a boca após mastigar tua língua. A tentação de esburacar-te. Teu corpo lasso sob meus corcoveios. Agora a réplica que nada faz soar. Garoto, por que me saqueaste com teu desejo? Tu, cigano ímpio, insinuante na pica autocentrada que fui escalando, escalando. Agora, agora aqui, o depois, o insípido da maçã torta e gauche. O sabor da tua figura de passagem e nunca fiz moradia.

16.

Bem neste clima de outono que alguma coisa falta. Algo se levanta de uma cova, espalha-se pelo mundo, bem onde uma coisa falta. Um corte vem de longe lapidando arestas e tudo fica liso, lápide, vidro. O not-belonging regurgita seu desconforto. Estar fora, sem eixo, sem centro é o que vale nesta hora de viés. As vestes do despaisamento se soltam das poucas presilhas e o corpo nu nutre-se de olhares que não quer ver. Fora de foco as vistas enxergam o endereço inscrito à margem. O endereço evapora no recluso nicho do sempre estranho. É bem neste instante de outono que se encalacra o inadequado. Nem a palavra dá molde ao universo. Nem há palavra, sequer o reverso. A rarefação dessas figuras passantes celebra a inexistência de toques. Que restrição é esta? Quem deixou de vir? Entretanto algo se avizinha: escuro, escorregadio, esquivo. Tem um sobrenome de sombra e faz um chamamento inequívoco. Bem nesta beira-noite um vulto bebe vinho no limiar da hora seca. A falta pinga um grosso calibre de matéria adstringente entre os dedos. Um disforme tônico de geração de vida à garantia de morte. Nada na planície distendida. A paisagem encolhe-se num envelope. O bolso está formado na nota ausente. Quem falta? Quem há de? Desponta pelo avesso um modo de não ser que sempre será não. Sendo, mesmo no ser que de si escapa ao nada ser do outro lado, onde, ali sim, parece pulsar a papoula encarnada, aquela que mancha no lençol o êxtase curvo, o abraço letal.

17.

Estremece no ar o som interno. Vem de uma semente, do estômago de um cão, da criança da noite sem saber o que é delírio. Nada capta o som, nem as mentes digitais. Está distante da forma do epicentro. Se realiza em colapso feito adolescente seviciado de Piva. Ao redor do som, crespos pelos do teu púbis enrodilham o arame do pau em riste. As leguminosas da noite descem dos postes em tom de esperma. Os vagabundos dançam com garrafas vazias. O pederasta sonâmbulo atravessa a praça. Busca um garoto de olhos negros cujas coxas possam receber a reverberação de sua úlcera. Nas vielas que dão na Osório, rapazes sentam-se nos beirais das lojas apenas por que querem se trocar por 40,00. O som de natureza ilícita geme pela insensatez das árvores. Elas escondem tantas sombras que embolam a noite por causa do sorvedouro. Nada retine mais que o som. O som da acuidade do buraco sendo ocupado por um puto enfeitiçante a revelar na camisa aberta nódoas do destroço humano. Mulambento de si mesmo, ele escarra um último gosto de cigarro. Ainda assim o garoto se aproxima e diz que faz tudo. O puto enfia as mãos entre as pernas do menino, desintegra-se na devastação do desejo sem jeito de dizer-se. A vertigem que bebem aquelas bocas. Sandice e despropósito arranham-se pela cauda do som e na ampola do vento o uivo do guri enrabado dita poema de Genet. Na santa ignorância do som interno ninguém vê a cidade subterrânea. Nela, pernas se entrelaçam e gemem um réquiem não adivinhado por Bosch. Nada é sublime, ninguém tem salvação, até por que não é isto que se procura. O som vem do ventre empalado de alguém sussurrando litanias sob o peso aéreo do falo. A pasmaceira do momento adentra cada tubulação e Orfeu reina triunfante – ele sabe: reinventou o único apego de lucidez nestes tempos em que a miopia traça mapa da cidade, ditando para todos o mesmo endereço. Eu recuso tal direção. Quero estar em mim. Abraçar teu corpo-menino e dizer-te com habilidade que aqui estamos nós. Nós nesta hora de nós sonoros. Cada qual em seu diapasão. E quando me pegas pela cintura, chupo tua língua em que está inscrita a última sílaba, o som. Ao longo da noite, o pederasta ressona com os dedos entrincheirados entre os bagos do puto.

18.

Tua volúpia vagarosa caminha pela casa. Serás sempre Príapo? Que sina é esta de buscar sempre as nuvens? Em que cova haverás de saciar o voo tão adunco, esperto, sorrateiro? Nas cicatrizes dos meus escritos navegas com tuas tatuagens. Elas são rubras, elas vibram, fogareiro andarilho em torno de montanhas. Escorpião de cauda em riste, pedes um abraço. Estou na rede. Fungo em teu pescoço tão viçoso, lambo teu pomo também férreo. Me agarro no caralho com medo de cair e partir as lajotas. Estou na rede. Todas as noites da Terra se resumem neste amplexo. Minha melancolia é sentir que sempre vais. Deixas no balaio a roupa suja, vestido de novo brilhas como gato da noite. Eu roo as unhas. Nos movimentos insinuantes sei que minha vida nada mais tem com o destino. A casa está infestada. O corpo geme quando fuças carinho na pele. Eu sou aquele que não irá. Eu sou aquele em que há a falta. Afinal, em todo caso Il y a toujours celui qui aime et celui qui se laisse aimer.

19.

Por um minuto a mais, fica. Fica por um minuto a mais. Ainda não suguei a substância de aço da tua boca, os destroços de marinheiros, as loucas cotovias de Romeu, os intestinos esmagados de Pasolini. Por mais um minuto, fica mais, um minuto que seja. Preciso me recortar na rijeza de teu peito, dizer ali o quanto me és querido, circular com dedos inflexíveis os mamilos que se apedram e florescem depois de ostras de quartzo. Fica, fica, esta não é uma cena de filme. É um velho roto pedindo arrego. Nada de tempo escasso e velocidade. Na têmpera do meu calor hei de lignificar a consistência de nossos seres. Tu, denso e basto, eu, indutível. Vamos juntar as tesuras e com tesão costurar a linha que perpassa os corpos. Cão/cadela em cio primordial, jamais pipocará entre nós a devassa de quem se amolenta quando vai embora.

20.

Acalorado você entra na sala. Se espraia pelo sofá. Reclamando do verão, tira a camisa polo. Contemplo teu dorso moreno, longilíneo. Os traços de sua silueta enchem minha vida de pequenas festas que explodem aqui, ali, me penduram de ponta-cabeça na dicção do universo. Achego-me. A barra sobressalente da cueca espia além da cintura da calça. Corro os olhos pelo carreiro de pelos a subir até o umbigo. Me debruço e vou na mesma direção com a língua esponja, ancinho, ventosa. Seu gosto de sal faz retinir nas têmporas a continuidade das marés. Sinto teus dedos pastando meus cabelos, comprimindo, querendo algo compacto, silencioso, espremedor. E depois, depois é o nunca mais no sempre entrecortado vagando insone entre nossas peles.

21.

À hora incerta te vi na praça. Camiseta amarrotada, calças jeans, parecias vir de cansativo trabalho. Quanto te aproximaste, reconheci que mediavas constelações de estrelas. Quis viajar contigo, não perder aquele apelo de navio, não me negar às ondas calmas que nutrias com o sorriso maroto de moleque. Compreendi que eras muito maior que tuas palavras, seja o que for que elas diziam. Nas bordas do teu corpo li uma essência emperrada limitando-se entre a carne e o anseio. Tal anseio também aportou na hora de outono a alimentar as árvores. De certa maneira, eu já estava em ti, ainda que não compreendesse teu alfabeto. Revelavas uma claridade intermitente e era impossível que em poucas horas fosse extinguir-se teu facho. O misterioso brilho da conduta que exalavas levou-nos ao hotel. Ali revoluteamos em torno de nós mesmos. Era uma véspera. Ampliava eu um pouco minha experiência de mascar vidro. Ao aflorar do teu sexo, senti-me em rubra vigília e engoli a ardência a brotar do talo, porque, afinal de contas, se eu estava ali, era por que queria chegar a algum lugar. Eras um lugar. Minha fome branda amoldou-se ao apetecível que me oferecias. Com a boca, os mamilos, o sexo, depois os pelos do pequeno bosque. Em seguida, viriam os emaranhados de minha mente, mas isto já é outra história, foge do quarto fajuto.

22.

Amanho as vidraças com unhas de coreografia empertigada. As plumas caem com um peso sem medida. Talvez um cisne andarilho pelo espaço buscando outro norte além de curto mote. Há severas faíscas ornando meu estômago. A falta, a falta, a falta. O incomensurável buraco alongando-se além de fronteiras nada nítidas. Penso em você. Quando voltar e trouxer tua vitalidade sem mácula e retornar com o tom jovial da presença a centrar minha vida num eixo aéreo, mesmo assim meu eixo, em que você fica entronado, portador dos signos de abertura, quando você voltar, respiro-o. A rua vai e vem sem nunca parar. No oco deste sábado, a maneira de sobreviver é me ocupar com livros. Livros! Linguagem tão simples, discurso tão calado. Muito mais cavalgada é ler na tua língua. Cadê o garoto? Quanto tempo se enrodilha nos ponteiros do relógio, quanta miragem será cozida pela ardência do sol até que possa dizer ao *meu* menino palavras de ternura esticada, aquela ternura que vai pelos novelos do cabelo e chega às coxas decididas? Sempre andar, sempre andar. É o que ele faz e se distanciou. Num ônibus desapareceu sem eu saber quando, nem onde. Meu ânimo crispa-se. O enlace magnético não ocorre. Me debruço sobre algumas páginas a fim de roubar um naco de substância que me ensine da vida o que não tenho no viver.

23.

Nu navegas pelas águas da noite. Leopardo mulato dissipas as lacerações com ritmos portáteis. Todos, todas te recebem. És bem-vindo aqui, ali. Com diligência penetras as feridas vegetais. Em cada núcleo plantas o mineral do teu jorro. Lunático vais mugindo. Leopardo noturno. Cílios de veludo, lábios sem banalidade. Deitado sobre cada corpo com o apelo breve de uma faísca e suarento te envolves nas carnes, fazendo mais carne. Nosso vão sentido. Esta fragata vesga a sugar na noite tuas águas tão nuas. Nu como o que vemos erguer-se em teu centro de ritmo mais síncope, mais, mais. Eu queria uma trégua.

12.08.2016

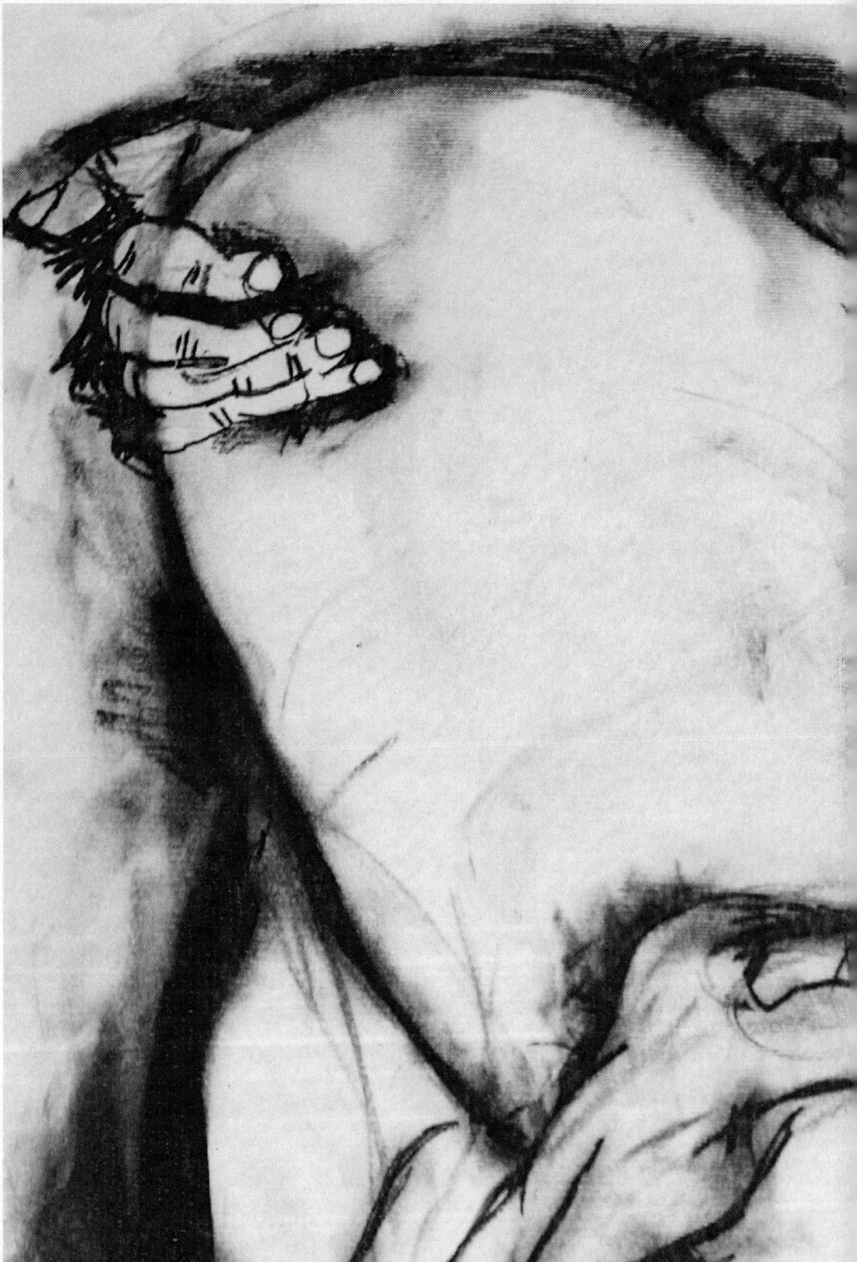

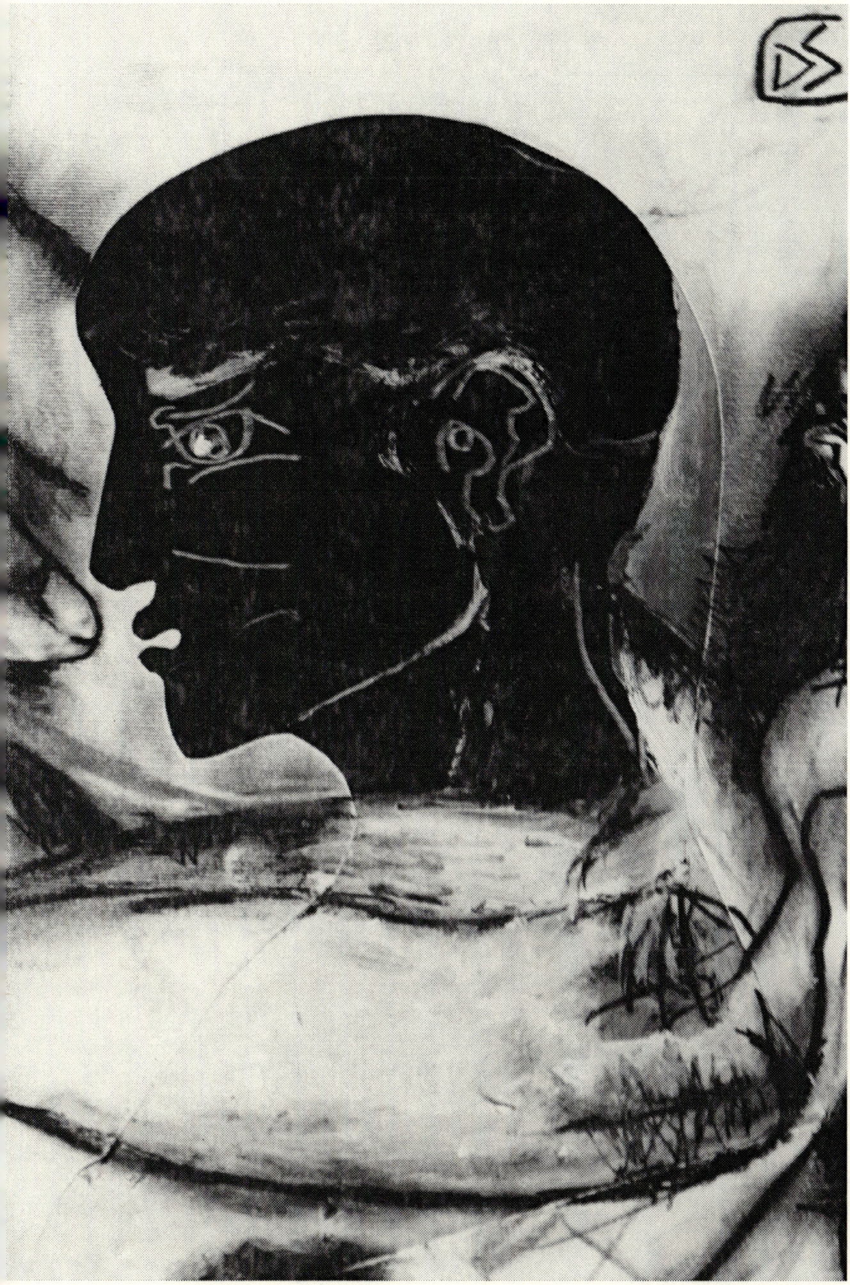

24.

Juntos – entre nós a fissura, a união. Que ninguém é absoluto já sabemos nós. Você é absoluto – eu sei, você não sabe. Não sabíamos de nada e de tudo em nós e mão na mão, boca na boca, peito sobre peito, pau contra pau – uma celebração de possibilidades animais. Conluio, assédio, soltura, revoluteio. Não temos a nós – inventamo-nos e infiltra-se a quebra. Faremos outro gesto e outro, a angústia de nossa forma a dissolver-se neste suor dútil, frio, febril em desdobramento. Transformamos a incompletude: eu-tu, tu-eu, eu-tu, tueu. No caos Eros se junta ao próprio nosso não-ser, sendo em nós. O simulacro metaforiza o espetáculo íntimo. Entre tantas possibilidades – nós aqui. Meu pau aquecido no teu. Dedilhamos engulhos, ovos, pelos. Abrandamos a brecha no remendo rebrilhante, no visgo colamos nossos pedaços – mosaico, labirinto, eco. Estamos buscando porque arriscamos perder. Algo nos escapa no enlace – sombra, bosquejo, sofreguidão. A metamorfose dos enganos, o engano das transformações. Não sou mais eu em ti. Tu sempre és em mim e vice-versa no verso inacabado da incompletude – a absoluta. Aqui a cama, o corpo, o banquete. Logo ali o corpo, o repasto, o gemido. Depois o sussurro, o barro da palavra e se esboroa. Nosso infinito limitado neste quarto não nosso. Resfolego, danação, ato ressurrecto. Abrandam-se os veementes, o grito mudo dos reles potros. Dobra-se sobre si mesmo cada um o seu. De novo cada um é um. Eu dentro de uma moldura a esfumaçar-se. E assim por que carregas a totalidade? A palavra despe-se. Trocamos as roupas. Se me aferro a Narciso, tu és Narciso, mulato maroto, malemolente. Somos o mesmo. Nem a pica abre horizontes. Aí havia teu peito e o calor do teu peito na minha face.

25.

Quero uma cabana nas cisternas do mundo desta cidade, mesmo que seja abrigo precário. Quero remover montanhas de todos os arredores e entornos. Abrir a porta à serenidade do receber: que venhas nu e me fales com tua voz rouca e envolvente e me contagies com o alto astral e a firmeza de perfazer em tua vida a vida. O sopro rítmico da entonação quando falas a me levar à fecundidade que se expande por meus membros. Vou tocar sax como Allen. Vou revelar meus apelos sanguíneos e com a porta aberta e tua chegada e tua voz elimino o caos de mim mesmo diante do espelho. Te digo como é sólida tua estada. Vens das ruas, dos hotéis, dos muquifos. Nada importa. Me impele estar seguro em ti por segundos, minutos, horas. Eu, ser genuíno no pavimento do teu contágio caseiro. Quero que estejas recomposto de certos trastes a te amargurar. Onde ficou o pai etc. Sano com minha voraz necessidade a necessidade de tua chegança. Devasto as mensagens de travamento. Assim fazes há anos. Vens no menino/garoto/rapaz colocar um eixo nesta mixórdia. Beijo tua boca. Escorrego no bálsamo do teu peito. Perco minhas asas, meu deslocamento, meu espelho opressor. Tu aqui atravessas minha porta. Na cabana te sirvo chocolate, mínimos frascos de bebida láctea. Te retempero, pois sei que viajaste. Será notável configurar a vida com tua vida, nesta tela meio embaçada a que só teu despachado jeito dá tonalidade de luz.

26.

Je te connais et t'admire en silence (Rimbaud). Não, nada de silêncio entre alvoroços, contravenções comigo mesmo, vertigens. Na vertigem de me desmemoriar ante o rastro de outras experiências, no demolir minha fragata diante dos contrafortes do mar. Reconhecer as ondas como sangue de visgo a cegar-me. Não vejo nada há meses a um palmo dos olhos. Não, não pode haver silêncio. Há pântano, foca, pavimento. Solos a se liquefazer sob meus pés. As paredes não sustentam meu cansaço e expectativas. Qualquer coisa gira sem centro e me atinge com pontapés de aço. Te conheço como, Wallace? Te conheço como, se não colamos nossa retina numa mesma paisagem que nos levasse a um passo além deste trivial comezinho, influxo de encontros clandestinos. Estou no desenfreado rodopio de animais sangrados no lagar para a cerimônia estúpida que não tem lugar. Sossego, vitalidade, convicção. Voou tudo pelos ares. Os lustres sugam meu mugir de quem rasteja na absorção de válvulas que me comem, me deixam sem corpo, sem carteira, sem dinheiro. Não sei como continuar-me. Sem mais te eclipsaste. Me dissipo no atordoamento. A veemência do martelo rilhando sobre a cabeça, dentro do estômago. O nó nas tripas. Tenho vergonha de mim, um velho que se imaginava pleno de estradas e está se encolhendo no canto, dependente. Quero te amaldiçoar. Apagar teu registro em minhas breves notas, dizer que o pânico lacera minha desordenada postura nesta besteira que é me levantar de manhã. Nada de silêncio, meu garoto. O calafrio na ponta dos dedos se estica até onde haveria teu calor. Aí há farpas de gelo. Me rasgam. Me fazem pornográfico. Te conheço como? Em quê? Um ou outro beijo pelas frinchas da cidade. A vaziez salta entre balaios. No interior dos balaios vejo teu escroto apodrecido, teu pau desembandeirado, tu boca germinando gramíneas para o boi. Ai de mim, criatura. Vou gritar?

27.

Minha sede desenha tua presença no azul do relógio. Em enlace distanciado tenho sinuosa desconfiança de algo fora do lugar. O relógio não está bem no centro do mundo, da casa, do quarto. A refração de sal de cada hora marca um ritmo langoroso em que o buraco fala o mais alto discurso. O verniz deste momento se desfaz ao toque de meus dedos. No contraponto da repetição refaço a mesma palavra e na fluidez dos sentidos um vago limbo mulato suga-me para a ferocidade da beleza. Tu inteiro e notável, soberbo e determinado. Minha energia enclausurada transparece na tua ausência. Desenho o azul das horas em que teus lábios têm impaciência longe de meu entendimento. Sei, houve um tempo em que só compreendia a amplitude sonora na respiração das coisas de tua floresta expandindo-se para o descuidado jardim aos meus cuidados. Sem rigidez, sem pedra quente. Agora, na hora, apalpo a ondulação itinerante de teu contato, de teu contorno sempre se desfazendo, se enevoando neste longe do aqui mesmo.

28.

Teu jeito bom inundava a cidade. Descortinava galerias de vidro a cada passo pelas ruas. Teu braço esquerdo sobre meu ombro era, assim digamos, um arco-íris materializado no meu corpo que ao teu fundido afastava a arca do pensamento. Teu jeito indomável de potro monopolizava núcleos em mim e eu me espraiava pelos longes e pertos da cidade em que eras a referência, o ponto de chegada, de partida. Vigas e caibros se revigoram no calor que emanas. Eu sabia que o rapaz moreno, companheiro das tardes, pertencia-me, mesmo que jamais fosses incrustado no gráfico meio sonso do universo que construí a marretadas. Inventor de ausências, de qualquer forma cada capítulo digerido ao longo de 60 séculos, foi um modo de chegar a esta página. Nela caberias, rapaz mulato. Cada palavra anterior tornou-se a antecâmara a preparar a sensação progressiva de instalar-te neste discurso cheio de nódoas. Nosso aqui à tarde, na cidade, a fulgurante ruína de possuir-te. Depois, na cal corpórea, constatar a marca da presença. Se há a marca é porque já não estás na cidade, na tarde, no corpo. O abraço improvável descarnando-se num algodoento findar-se. Assim, assim fluindo no ultraje da vida. Era de tarde, havia sol. A morenidade a deixar-me em intensidade aturdida. Minha referência nesta cidade, meu oco ômega, meu ofegante alfa. Tarde, sol, ruas. O calor em tua bermuda. Os tênis que te comprei em três parcelas. O imponderável de tua textura a escorrer sob meus dedos e o abismo elástico a se abrir.

Apenas um murmúrio de cinza na rua, no sol, na porta do hotel. A sanidade do teu sorriso. Ácido circuito de cera proclama o pontiagudo da perda no cortante banco da praça. No último momento vi a fração de tua cueca acetinada escapando da bermuda. Sem patranhas aceitavas o que eu ia negando. Palavras pequenas, boca tão tola. No surto da recusa te expunha sei lá que imagem. Teu bom jeito enviava partículas sexuais e eu no intento de te manejar, me sabendo sob a mortalha. Como Penélope cega compunha no veludo de lama a tal despedida e depois o 9 de março nunca mais reluzente. A presença, o traço da ágora que atravessavas, garoto mulato. A gota de cicuta pinga em meus olhos.

29.

Ouço um pássaro farfalhando entre cimento e ferro. Ao mesmo tempo, um solo de piano vem de uma rádio de L. A. Fumo – sou um camelo no deserto. Acabei de fazer certa colagem com rostos de escritores em minha pasta de rascunhos. No refluir da hora – 5:48 da manhã, tenho você como navio gretando o nevoeiro. Você com seu pau possante furando a manhã, o estreito canal de um clarim a enegrecer o penúltimo horizonte. Receio que não diga nada de novo. Se trata apenas de desdobrar os desordenamentos do corpo. Nas errantes galerias do meu fôlego, sorvo o cantábile de Duras. Rondo a avidez do possível barrado numa cuba do não-ser. Minha impertinência de marretar na mesma tecla está no limiar do veneno. O líquido da manhã não é inoportuno. Na substância matinal devoro a fome do meu estômago. O tangível é um aceno de quem se foi. Como me sei Pasolini, Cunningham, Capote, Baldwin, White, Leavit, Tóibin evaporo na ternura horrenda. Tudo é demasiado – um só ser. Vacilante e desacelerado o ser é Vidal, Lorca, Piva, Genet, Perlongher. Entre o borralho das mãos vou bordando meu pano pêco. Finco o grão sob as unhas. Comporei um feitiço de Renato Russo como se não houvesse amanhã. Aproprio-me da insônia. Não pensem que almejo futuros. O que é impenetrável? Pelos neurônios saturados você deambula. Meu fungo. Meu carcoma. Meu miasma.

30.

A marca. A marca pulsante. A marca que rasga a fragilidade do osso, do homem ébrio de vazio. O homem apartado da plenitude esmaga, tritura, corrompe a si mesmo na fantasia primitiva, quando não era dual, quando não era carne, quando havia unidade com a mãe. O homem frágil em si mesmo. Enfraquecido pelas pulsões. O fantasma move-se atrás da cortina. Ao homem falta visão objetiva. Não entende o mundo. Há brecha grave – homem/mundo. Agora seu corpo está em suas mãos e o despreza, a carnalidade pessoal o enoja. A marca de feição rubra vocifera contra os ruídos, a série intensifica o rarefeito dos gestos, cospe no rosto o ácido do ser, ser em consciência, em percepção, em materialidade. Homem crescido abandonou a infância, o puer aeternus, a saia da mãe. Está diante de si mesmo, se reduplica no espelho, viaja em torno do ego aviltado. Nada resiste à marca. Os fantoches se desmontam de sua eternidade de pano. O homem marca o tempo. O homem é deglutido pelo tempo. A passagem, a ausência, o nada. Nenhuma palavra tem a carnadura de expulsar a marca do centro das encruzilhadas. O homem sem asas se debate ante o outro que mergulha, voa, encontra-se no intenso. A marca confirma a morte e a morte é marca viva – rasga, esmaga, vocifera. No antes era uno e pensou/imaginou encontrar a unidade. A experiência do chão concreto. Falta de céu. Nada de alturas retumbantes. Rastejamento. Toca. Fossa. Perambular abaixo da superfície. Reencontrar o outro no si-mesmo, indiferente à alteridade, complacente com a platitude de ser o que é por impulso do veio rasgado por onde seguir. A marca azedando no fundo do olho.

31.

Nada que possa dizer vai deter o fluxo do tempo. O alargamento desta planície que se instaura repleta de frinchas e aves de rapina, bem ali onde pensava estar desenhando passos em tua direção. O espaço entre nós é ouriço, espinhos voam por todo lado. Meu corpo bambeia ébrio de vazio e não tenho onde colocar o gume desta faca selvagem a me cortar até o dilaceramento. Álvaro de Campos acertou: tu és da estirpe dos príncipes. És príncipe. Meus andrajos não serviram para te agasalhar.

32.

Preciso preencher o caos com o veludo da tua vivacidade. Te abraçar mais uma vez em nome da ilusão de que o instante dura. Distender entre teus dedos meu fragmento de significado e romper o diagrama do silêncio que esmaga. Devorar teu júbilo gozoso, ser em ti por mais um pedaço da vacuidade. Me recriar no apego que tens à vida, quando só me transmites a morte. Ainda não sabes o que é adoração e joelhos prostrados. Ainda não sabes que no velho se concentram estradas, poços, reentrâncias de cada apego virado pó.

33.

Quando derramas teu sêmen sobre meu ventre, deixo de ser humano e estremeço como o vil anjo da entrega. Desisto da condição de ser. Eis-me porco e farrapo desejando teu pau. Sugar a vitalidade ausente nestas dunas em que perco estrutura, impulso, moldura. Me ajoelho e rezo: abro a boca e me fodes com o orgulho de quem sabe de si. Sou a válvula do teu escape. Ao bateres à porta, me arrasto no pó da marafona. De tanto alisar teu peito, perdi os dedos e o ideal. Tua mão – a volta que recarrega em tubos de escuridão monstros e terrores – ausência. E a noite é lonjura impossível de atravessar.

34.

A ausência extrai da casa o sumo e o sentido. Confirma as paredes – sempre paredes. Os livros com seu discurso encrespado de imagens longe do teu parâmetro se esparramam pelo ar. São mariposas das quais resta um esqueleto meio aéreo. Trôpego. Nada figura nos quadros – em branco. Sua nudez cadavérica levanta do chão o pó anulador de contornos e definições. A marca da ausência está no telefone. Qualquer palavra é só murmúrio. O que resta dizer se a mente extrapolou o corpo, caiu em armadilha tão tosca de silêncio em tijolo e argamassa?

35.

Falta-me o contato com tuas mãos, dois pequenos barcos alados em sua silhueta longilínea, dois arabescos a me deixar mudo no encanto de por meio delas atingir dunas flexíveis em que éramos deuses desnaturados. Nosso espírito meio de lado e só os corpos gritando a ponto de ficarmos surdos. Faltam-me tuas mãos atadas ao mastro significante do meu dia a dia. O rumo era tua figura, a fusão com teu calor. Frágil estada na estação onde outras brisas sopravam, confundiam meus ventos e rotas. Querido, embaralhavas os sentidos em cunha em meu corpo no sentido pleno encontrado em tua carne.

36.

O navio com sua trupe não sabe do desgaste do mar. Navegou por ondas tantas indo de viés a muitos portos, enquanto o mar se esfacelava com pesos, óleos, maquinarias. E o porto que poderia em definitivo dar guarida, foi só de leve tocado, trocado por outros lugares em que o repasto asseguraria a rouquidão de um grito. O mar cansou-se. Reconheceu o inútil que é levar e se pergunta por quê. O navio não se aloca neste lugar. Aqui encontraria banquetes, festejos, não sangrias. Todos os abraços não valeriam a ordem deste abraço a fazer cada coisa retomar seu justo norte.

37.

Encerrado em minha biblioteca (sábado, chove) repenso teu corpo navegando pelo mundo. Aqui entre estantes restam todas as coisas que me acompanham quando respiro. Acontece que ao pensar em ti, sou assim, digamos, meio morto. Em minha mesa se abisma a última imagem em vertical de nossa conversa no banco da praça. Ali cortei algumas palavras tuas. Estava indisposto, carregado de penumbra. Vieram depois as tardes a que nunca me acostumei. Retomei um silêncio ondulando em trastes com tua ausência palpável. Revejo o nunca da hora, ponteiros embaralhados no enrosco de minutos que se fazem séculos e meu cérebro a fabricar cenas longe das por nós vividas.

38.

Em todo canto salpicam sombras. Insistem em mostrar um rosto que não pretendo ver. As sombras esticam as fauces até o alcance de minhas mãos. Obrigado a encarar a face, acaricio os contornos, o firme, o autocentramento. Cada traço me esbulha. Lembro dos carinhos, a intromissão de meus dedos entre cabelos encaracolados no país de tez morena. Os olhos liquefazendo-se em negror. Sei quem és, por que vieste. Teu peito afronta as paredes protetoras de minha casa. Entraste. Depois foi armado o rebuliço, a espera na adunca espada, a estrada furada. Água de vida teus lábios derramavam. Bebi muito. Me embriaguei. Sei quem és. É o momento do assalto das sombras.

39.

A dor é corriqueira sendo malsã. Não vale o que pesa. Não vale o que fere, mesmo fustigando a carne com seu esquadrão de vampiros. A dor com nada se importa a não ser em reinar por ela mesma e distender seus retalhos até onde os raios de ação alcançam. A dor se firma na mesa. Dali conquista o ar, as paredes, embola seu arrebatamento até a interioridade em que apodrece a maçã. Oxida a faca e prepara na biologia do silêncio qualquer revés. A dor não vacila. Sabe sempre o que quer e quem manda. Na sua obstinação arma cangas em pescoço indefeso. Resolve sua insolência na mais banal das agruras. A dor em surdina monta um castelo de vibrações e lacônicas gotas. Sujeita os olhos à postura gasosa. Eles ficam sem erguer-se na ausência de gravidade. A dor não é apenas sórdida. Sabe mastigar com dentes minerais o que se erguia em resistência e acaba arrastando-se pelo piso à sombra dos pés – puta. Em preamar ordinária engolfa cada ângulo que pudera um dia sustentar a subsistência como casa no vento.

40.

As frinchas pelas paredes vão do teto ao chão. Dos ladrilhos goteja miasma pura gosma. As caras gravadas ali sofrem de febre invertida feita de barro e merda. Exala-se pela casa um tributo à não-identidade, ao não-ser, à falta de ângulos que, mesmo provisórios, poderiam criar a ilusão de perspectiva. As frinchas pelas paredes tomam conta dos retratos e dos envelopes. Nos retratos os rostos se desmancham. Nos envelopes as cartas se diluem e do pó sobe o caule parasita e ele desmonta a casa e a casa já não há.

41.

Ele quis assassinar os anjos que o atormentavam. Porém, como matar criaturas perfeitas, efebos de corpos esguios, de cujos mamilos sobressaem rosas roxas de torpor, dunas e escarpas ciosas da beleza? A beleza deixou na alma dele mossas de beijos sugados. Teve apenas uma saída – enrodilhou-se nas asas quentes, seu pescoço contendo o fluxo da volúpia e sufocou-se no plasma de coágulos para nunca mais ver, nunca mais desejar. Fugiu do manicômio da luxúria em que era fantoche manipulado por cordelins da efemeridade humana. Nunca soubemos se encontrou a paz.

42.

Não há veneno maior que o próprio dia. Ele amanhece sinistro, errático em suas obsessões, em espiral negativa de pensamentos que punem, castram, flagelam. Ele se distende na gelatina do molusco desapropriado de si, sem defesa nem arrimo salmodiando um blues a antecipar a morte na morte. O dia é safra de delírios, sabota o pouco de vigas a restar para o diagrama das teias. O dia amputa o ar, recarrega nas janelas a paisagem do fim. No lodoso corte da queda o dia esquiva-se de ser luz e dentro da sala despeja a rapacidade da demência. O dia compila páginas de término, corte, fração.

43.

Dos cantos do mundo vem o veneno sorrateiro. Anatomiza a forma dos móveis. Nas mãos repõe a insolência do impossível. Nada de retorno ao essencial. Nesta estação não há o essencial. No entalhe turvo dos surtos o veneno incensa a absurda vigília. Escorre dos olhos um cerimonial com os tributos pagos de adeus a cada ação do vazio. O veneno é um estado de fusão e oculta a última luz para revelar ali a pilhagem do tempo e do desconserto. Vil e vil o veneno não perde sua demanda. Alastra-se na iniqüidade de fera e sem ponto de ancoragem desfaz o prometeico exercício de manter o pé no solo agudo de quem até agora acreditou num hino solar. De réquiem este se reveste e acanha as brumas – usinas de fricção residual entrincheiradas em cada brecha em que um dia certa semente foi deixada por que o homem acreditou no retorno de quem se foi. Aquele que partiu, despedaçou choças de cristal, plantou no estômago o sugadouro do veneno e navegou na temporalidade com seu sortilégio – feitor do homem, tronco do homem, açoite do homem.

44.

Que pássaro trôpego nascerá da tua ausência? Tu, o rosto esplêndido misturado ao meu respirar e a lascívia transmutada em sentido percorre as vértebras do dia. É a tua identidade que me perde no voo da luz e teu olhar moreno se espalha pela cidade onde tantos ângulos podem te desvanecer. Voltas como volta a onda. Uma noite de calor. Meu corpo não é mais a palmeira que se empina. Então me lembro e tu te lembras, garoto no turbilhão da madrugada plácida: o estranho sonho balbuciava entre nós o entrechoque, as luzes e o hotel em solidão. Tu acariciavas no táxi minha mão – eu nada te dizia a colher teu calor. Não pedi que deixaste teu corpo cravado na rua escura do meu.

Après Tahar Ben Jelloun

45.

O copo com estrias. A mesa sem toalha. A cama em que tantos estiveram desarrumada – serão minha memória, a gota de estilhaço no meu olho de convulsão em convulsão. Dá os teus olhos ao retorno da promessa. Minha mão roçará a que me estendes e a nuca e o poder do teu sexo. Mas tremes no espelho de minha ansiedade. Pedra, e toco – minha voz te leva rumo à cava das casas em desmonte. Era verão luminoso de dias e dias a escorrer no peito macio que me ofereces. O verão me entregou este corpo em forma de presença ineludível. Tu – um corpo reina soberano e meu desejo se une ao verão. Eu o recolho na tua boca e vou esconder o vazio na placidez de uma página.

46.

Ternura – momento de rasgar a seda com o diapasão do corpo. Teu olho reluz, serpente sob folhas verdes da morenidade. Na direção do brilho a avenida ferve em corpos, rapazes esguios, garotos a galopar o dorso de uma espera em cervejas e mais cervejas. Nunca estive aqui. Em torno de tua cintura a barra da cueca diz mais do que a carne diz. Estou meio bambo de êxtase. Levo a mão ao teu dorso. O contorno do peito, os mamilos, a pele lisa, glabra. Ternura – este momento de espalhar-me. Onde foste ontem à noite? De ti só resta ontem? Navios borrados na neblina azulada do luar. Cadê os tantos traços a me reinventar? Me botei na estrada. De lugar nenhum eu vim.

47.

Branca, quem sabe, multiface a ausência, qual morte vindo devagar na tarde em que o rasgão na camisa mostra estranhos macerados e algo pousará sobre a janela. Certa memória envelhecida. Te vejo nos longes de S. Paulo. Os meninos com beleza igual a tua. E a nuvem me diz do teu contorno tocado por mim entre um desejo e uma festa. Se o olhar se ausenta, resume-se nos fragmentos a nadar aqui, este vácuo. Vais faltar ainda por séculos de meses. Recolho os trasteveros, empilho os livros, repouso na mão fértil de não-acontecimentos e a falta da solidez que me mostravas com dengo. O teor moreno, a presença esfarrapando-se, os cachos do cabelo andam pela casa e não fazem esquina na sala. Abro o poço e não bebo.

48.

A trave do anoitecer se parte em mil poros. Não grito, não tenho cúmplices. A rota da intolerância das horas vai, se desvanece. Fui eu que fiquei. De que lado da rua te encontrei? Nada de guardar a cor da tua polo. Que me importa o irredutível? Manchas rondam a janela. A ira da noite não faz sossego. Em que praças teu timbre soa acordando outros para a ilusão. O sombrio, o opaco, o indecifrável. Minha herança descadeirada. Nada de controle sobre muitas questões. Que trouxe de ti mesmo? Ah, o grotesco da avareza a brotar do peito amarfanhado por tantos. Teu dom de iludir. Não me acautelei. No engenho de tua morenidade mordi a carne, recolhi o lobo. O veneno está aqui como fluído.

49.

Eu era amante do garoto e da beleza. Eu possuía seu corpo com as chamas que a posse comporta. Mestre da carne morena e de seus tentáculos derrubando meu reino. Hoje sou um velho de terracota. O mais belo dos rapazes escapou-me pelo tempo. O corpo longilíneo, os olhos negros, os cabelos enleados, a boca sem-vergonha. Tanto suguei e hoje morro de sede. O mais belo dos rapazes entre pulos. Nele a loucura vem me desatar. Grito na mudez. Nenhuma parede me ouve. Os dedos manchados pelo teor mulato. O acabamento de saliências e reentrâncias. Infalibilidade de gestos. Suor, mucosa, bactérias. O apurado esmerado, diabo refinado. Aquele privilégio de louvor à minha idade o que durou? Apogeu, encarnação de fome nem conhecida. Garoto de qualidade para as notórias montanhas. Rapaz de marcas, brasas, tição.

50.

Transcendente em sua lascívia. Eu me pendurava no seu sexo. Eu mordia cada signo daquela cara com rastros de África. E a voz rouca no podre veludo de seu vazio e suas asneiras. Tanto traço perfeito num só maluco. Perverso, culpado de minha morte. Eu era companheiro de garoto mulato – 19 anos. Repimpado sobre as palmas do perfume de Eros. Ardência de furar qualquer grade. Não, não, ele não se prendia a nada. Ele voava na cor da curva mais lúbrica. Solto, descolado, alegre. Centrado, firme, seguro de si. Empinava as bandeiras do mundo que não conhece delícias assim circunscritas num deus vagabundo e singular – o reino é da Terra, tenho certeza. Eu morria na ressurreição de seu gozo. Montava o circo e botava fogo. Sua boca, no pescoço a vulgar gargantilha, o mamilos no rubro ardor do empedernido. O umbigo em sombra leve. A cintura pélvica e minha mão lustrada na aventura de ir ao encontro dos países baixos. Os pelos vazando rutilâncias. O caralho, perfeita modelagem de pinto assanhado, as bolas escuras, as coxas torneadas em que me deitava e me deitava insone, toda a noite longa, a noite adunca, me deitava ali, entre dois calores de febre animal e depois morria um pouco para morrer muito agora, morrendo-me em mim, placa corrugada, fragmento de tonterías. E o grito. Ele estatelado sobre o lençol carcomido por andorinhas. E a vida – um cheque em branco passado de olhos fechados.

51.

Teu corpo é uma espécie de pássaro e meus arroubos. Sempre há tempestades à frente. O vinho que elaboraste em mim. Tuas penas, tuas asas, tuas garras dadivosas. Nelas incrustei minha carne e agora o milênio de 19 anos dança vertigens na falta. Garimpo a cada dia para encontrar o rosto em outro entre o barro, a lama, a palha dobrada. E eras belo esplendor, carvão – a misericórdia de mim mesmo para comigo. Teu corpo é uma espécie de seta. E meus arrebatamentos. Nem conheces o dom da desmontagem. O vagão passa repleto de invisíveis. Eu busco no agouro a revelação da volta. Garoto de sinuosidades, dunas, colinas. A caverna e ali guardar o arpão de um mar chegando em barco de sal e espuma vítrea na virilidade singela, sem mistério ou segredo. Consegui por uns momentos decorar a suave peste da madrugada. Desperta teu peito e vem roubar do meu o cansaço lúcido de continuarmos assim como dois armazenadores de nuvens que nunca se apagam na borda da noite. Terno dragão, expelias pela voz ejaculada gárrula, impossibilidades, demoras em chegar. Depois veio o tempo de apagar marcas nos quadros pintados a partir do teu fulgor. Fui dançar o tango de Bandeira.

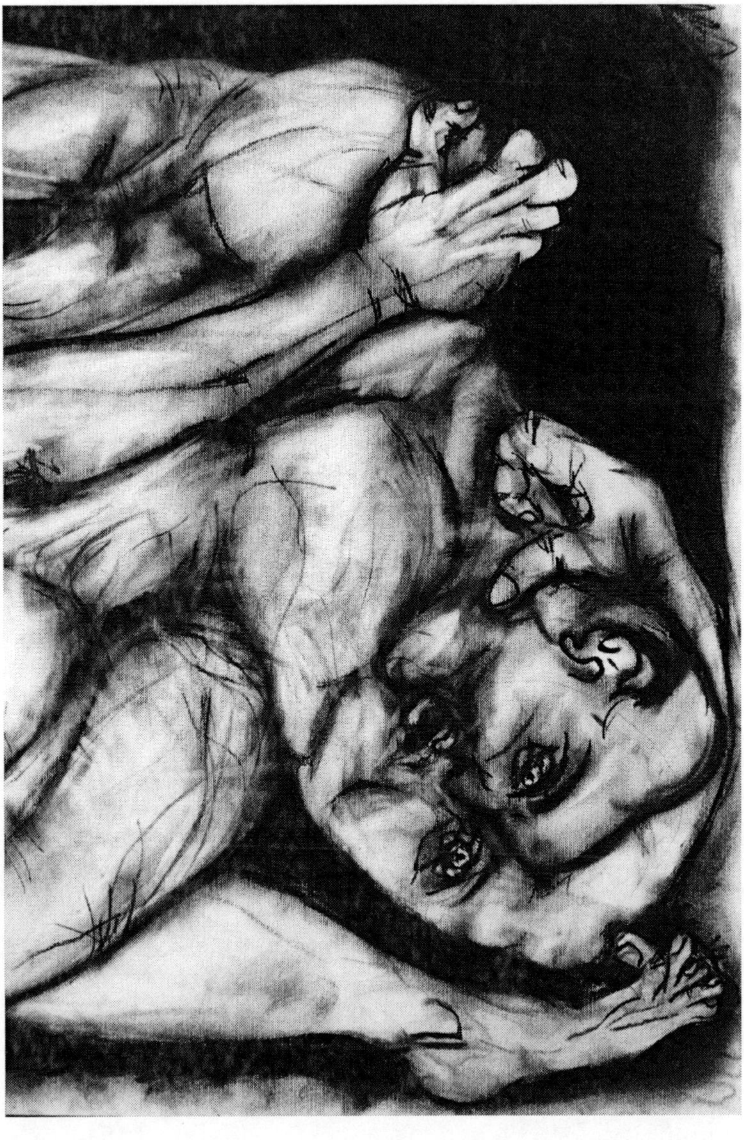

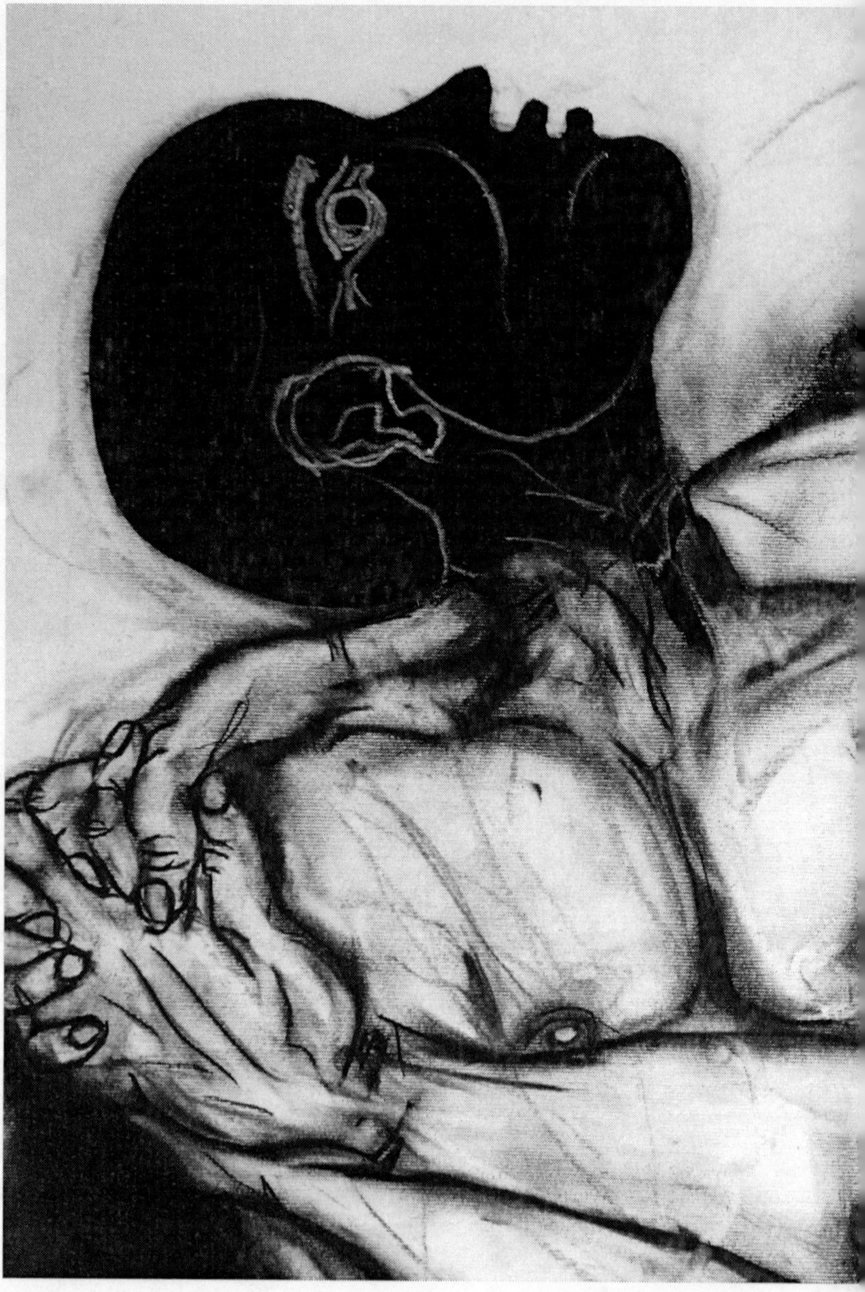

52.

Corpo com perfume de corpo. Bebi o doce amaro corpo – gosto de voo cortado, sabor de sangue no leite. Mais que odor de nuances e rebrilhos o perfume tem acento de cama – na cama, milhões. A memória do corpo estampa tantas aventuras suspeitas de gozo endinheirado. Minha mão sem saber de muito soletra no vazio o pleno não consentido. Corpo, amoldado ao meu, se espalha por aí, se empilha sobre caras e coroas, acende-se em mim o grosso de agonia palpável. É o perfume mulato entrando pela cava de minha boca, partindo o espelho último. Corpo tosão – pau em riste, rocha, pedra, túrgido, pau mesmo. Meu polegar lustra a cabeça, abre a uretra, por aí vai a língua, o pau se abre em gruta. Suco de suores ácidos. Nem sei bem como explicar o abismo. O sufoco com cheiro de corpo deitado entre hortênsias e cravos e pétalas da beleza americana. Minha carne despenca ante o teor do corpo em carne moleque. Qualquer coisa vem – na sombra, na réstia de luz és tu comigo, carga de desdobramento do veludo, onírico pesadelo de sonos rasos, olha aí, os sonhos engatinhando, convertidos em pedaços de garrafas.

53.

Observo os prédios. Horizonte em aborto. Luz negra de teus olhos liquecentes. Mais que promissores. Proprietários de minha morte. Sei que o enlace entrecortado, nunca mais, nunca mais o suco, o almoço, o hotel. A retirada de dinheiro no banco enquanto seguras minha tiracolo. Cada lance evaporou-se, ignoro em que esquina. Um anjo só morre uma vez, não é o que dizem as escrituras sujas deste corpo que me trazes, dragado até sempre em sempre? Agora, manter o rancho, garatujas de palavras, sal nos lábios, rins puídos, embalo de ternura esvoaçando pelo quarto sem destinatário. Como assistir à vida? Se passa ou não passa. Se perdura com ela algum laço, um desenho de Leonilson de traço livre, aéreo, sutil. O dia já sei desnecessário. Cada hora pesa mais. Salto o gomo da racionalidade. Peço à morte uma carona ao deserto de Atacama. Ali descobrir o poço justo. Desarranjar o tapume de restos. A boca que beijei entontecida entre astros de rota esfarrapada aqui nos dedos. Ah, dedos longos circulando meu ânus quando estudavas a mínima anatomia do corpo crivado de dúvidas, negações, lovely.

54.

Cortar a respiração é vasto. Amanhecer abrindo os braços para o minuto final. Encher, plenificar os olhos com lembranças, cenas brotadas em escaninhos que reguardaste para mim. Longe perto. Saber da beleza a continuar depois do salto em voo. Não haverá outro dia, nem outra hora. Cortar a respiração é chave. Um corte no molusco. A tarde despencando dos olhos que abres e com eles me engoles – estrada abandonada próxima ao posto de gasolina com cachorros amarelos tombando lixo e mijando contra postes inclinados. Farás festa, concentrarás luzes e mais luzes, outras luzes, largo o esplendor. Vasto é te abraçar, pelos contra pelos. A partir daqui estou impedido de dar um passo. Logo serás completo ao atravessar o rio e o pântano. Levo a silhueta refinada, a grandeza dos poucos 19. Sei lá o que vai dentro da mala, as rodinhas emperradas, o plástico rasgado à altura da alça. Um ruído doído no chão da rodoviária. É nocivo sufocar sob a perfeição. Sob tua boca eliminei a pior parte das dificuldades. E plantas os ovos entre meus lábios. Vou correr até a esquina, sem ver o ônibus partir.

55.

Na madrugada te penso. A intimidade consumiu-se por aí. Incêndios de mim partem janelas, espelhos, copos, material etéreo. Contigo longe me cabe esfumar-me comigo. Te sei esguio, mulato e sopro. Divindades sábias em modelar um quisto na garganta. Te aspiro – sorvo no ar. Meus sussurros sequer entendo. Almejo te resgatar para meu colo. Destrinchar o nó e sondar no teu pescoço as andanças rejeitadas pelo medo. Estás centuplicado em meus neurônios a ponto que me desfaço. Regurgito um gole de fim e farrapo. O trivial traço da treva. Ouvindo sons desses lábios recobro o cão expulso. O dinheiro expelido feito merda. Não esqueço como és potro. Humilde me retomo na madrugada outra vez convertida em vigília e aço. Fumo devagar. A fumaça te presentifica no ponto de fuga camuflado de ímpio cupido.

56.

Que as garras se façam múltiplas e cortem de modo abrupto e vário. Elefante de vidro no caos. Gazela repimpada de líquido furor. Que a morte vista de qualquer lado se amolde no mesmo traste de beijos de venenos sugados no porte da luz. A seta do fim é plural pois de barro podre metal. Te peço o que me devias já que a beleza é o último tributo no grau da descida. A faca minuto a minuto. Ao te afastares a carga ficou aqui. A calha despeja aquela água repelida. A primeira vez que te abracei, toda a minha entrega. Nada de porta aberta, de vasto espaço e dança. Ficamos restritos a ínfimos quartos. Paguei por ti a essência devassada. Assim de jeito que morrer seja lúbrico, intenso feito tua pele, arre, que veludo palpitante. O beijo foi espasmo, suspiro de gavião. Que venha e me refaça na vez derradeira.

57.

Na espessura reclino minha boca sobre a boca lúcida. A boca rubra me alimenta, afasta os males, a casa derrubada, os livros entre livros. A boca voraz desfaz a névoa, curva minha língua e outras falas e é tanta e tanta e tanta e nunca mais. Me anestesio de distância. Horizontes no borrão, galo estúpido ante a manhã de madeira. Que coisa esta boca plena de navios mercantes, guerra de tribos, ouriços de outros corpos. No desdouro abarco a boca, pedra, testemunho de não-dias, régua de enguiço. Boca, boca, língua me força ao trapézio, jogo sobre a mesa restos de escritos. Nada de falar jamais. O proibido da boca reorganiza meus primados. Nesta púrpura, para sair de andrajos, por ruas, becos, vielas, sem o meu cuidado engulo a trave do úmido toque nesta boca, boca de poucos gorgolejos.

58.

A delícia é espada no horizonte sem nome, com endereço certo. É trama em teia de aranha e garras de leopardo a fim de trucidar a choça. Toma forma de recuerdo. Esgueira-se pelo corpo no tom de tepidez só que vaporiza a carne. Ela se vai desfazendo no ar, perde a identidade, intoxica-se do ausente, rasga a fibra a manter o arpão de pé. Sem fatura, deixa os amantes sublunares invertidos de sensações caóticas. A delícia não vem a maquinar o repouso. Sua textura é ópio num cintilamento de falta. Mofa os quatro cantos do corpo. Ali deposita não acalantos e sim o remate de múltiplos males. A delícia é um passar de patamar a outro. Neste só o canhestro habita. Infiltra-se no desconserto. Joga na pasmaceira. O mínimo esboço de arroubo. Ela é um andamento pútrido, gosma, molusco. Amordaça a voz desejosa de um istmo de ternura. Turva o dia, o fosco dia, o dia de borco. Fenece na incubação de energia não atroz quanto mordida de faca. Na vontade náufraga a delícia mortifica uma vez que não há. Véu de combustão transparente sobre o mundo de casas quadradas dentro das quais só há ratos mecânicos.

59.

O sexo na minha mão era aveludado, cetim rosa-choque, timão de sendas raras, arrimo contra vácuos. O vinho da embriaguez sobre abismo, pelúcia de menino, pombo e urso, signo de qualquer direção, circo empinado do alvoroço ou carta em repouso que seria lida à certa hora da tarde. O sexo na minha mão abrandava ásperos e curvas, selo de propriedade preciosa a desmanchar baralhos, vasos em ordenação, os cubículos onde alguém guardara renda do passado. Depunha nele o carinho. Quando ele se distendia e abria-se em corola e tronco, eu resgatava e heresia do tempo, seu néctar, as heranças do meu caos. Teu sexo eu chamava de brandura, zéfiro, gentileza de garoto. O bom pastor. Desnecessário haver parábola, outras histórias exemplares. Ali a história, o pigmento, o sumo do fruto. Veludo, cetim, pelúcia. Os dedos aquecidos. A cicatriz disparava rumo ao porão. O tom – teu sexo. Tropical, palmeira, passo alado. Rompi tratados, comi mitos, o fugaz elemento entre virilhas, esbelto, design inteligente, sem farsa. A tarde botava vermelho. Suores e adeuses.

60.

A nudez precoce lavra pela cama sulcos de mariposa. Táctil e configurada no padrão do meu corpo. Esta nudez térrea em nada me amedronta. Foi o que busquei pelas vias da fome antiga. Agora, guri de raça, eis-me a ti abraçado, suando no teu acalanto minha nudez do passado. Revivido, exangue, amotinado contra os sinais de agora. Em ti confisquei meus arranjos tortos. Eu, completo. Se me embriagas é para o teu bem em mim. Direta a passagem. Os lábios amarronzados em estrias de convite e entrada. Te devorar por um segundo a mais no signo do cotidiano, da semana, da tarefa no cimento cru a negar palavras. Meu corpo se aninha no conforto de teus músculos ainda meninos. Madureza de véspera. A fome diz de mim o que negam os termos aditivos. Esculpir nos teus lábios pisados a ranhura do significado que nos atravessa. Entendemos.

61.

Se o tempo se traduz em círculos, estes gravitam em torno do corpo – laguna de insensatez, espanto de ausência, agrura vazante. O corpo e o tempo se juntam ao barro de cada dia. O cordame dos músculos vai sendo retesado pelos entressonhos. O vidro se parte. Não basta a morfina. As válvulas exalam sudários. No desassombro, a ausência de posse mina o alento. O corpo reclina-se e no interlúdio do vácuo inala o último grão do colapso. A veia da indagação murcha. Range o nada.

62.

Dali onde estás escutas minha voz nesta escória de textos que empilho feito vômito? Percebes como as palavras nestas páginas vazias procuram o lacunar deixado no teu rastro? Serás capaz de desvendar a paixão animal, a fisiologia lastreada em minha carne? O que lavras com tua beleza neste exato instante em que me componho em pó e cal? Sem arribar do patamar onde me aprisionaste com teu porte esguio, que fazer. Cruzes, cara, como és belo. Mulato dos olhos líquidos, nossa dança foi rasa e é tudo o que tenho.

63.

A solidão se aprende contando os tijolos da parede, as tábuas do assoalho. Se a torneira pinga é sinal de alerta. Meçamos as vidraças com a saliva da língua. Empinemos pandorga no espaço do banheiro. De grau em grau a solidão enfurece erínias camufladas nas cortinas. Que a gente faça uma laguna entre os braços. Presta atenção, ali no centro aparece um par de olhos. São negros, são rutilantes. Têm um efeito da lua em noite de bruxa e mariposa. Não é mais possível cantar, ouvir ópera, preparar uma omelete. Um passo será dado: vamos escolher de que viga balança o último laço.

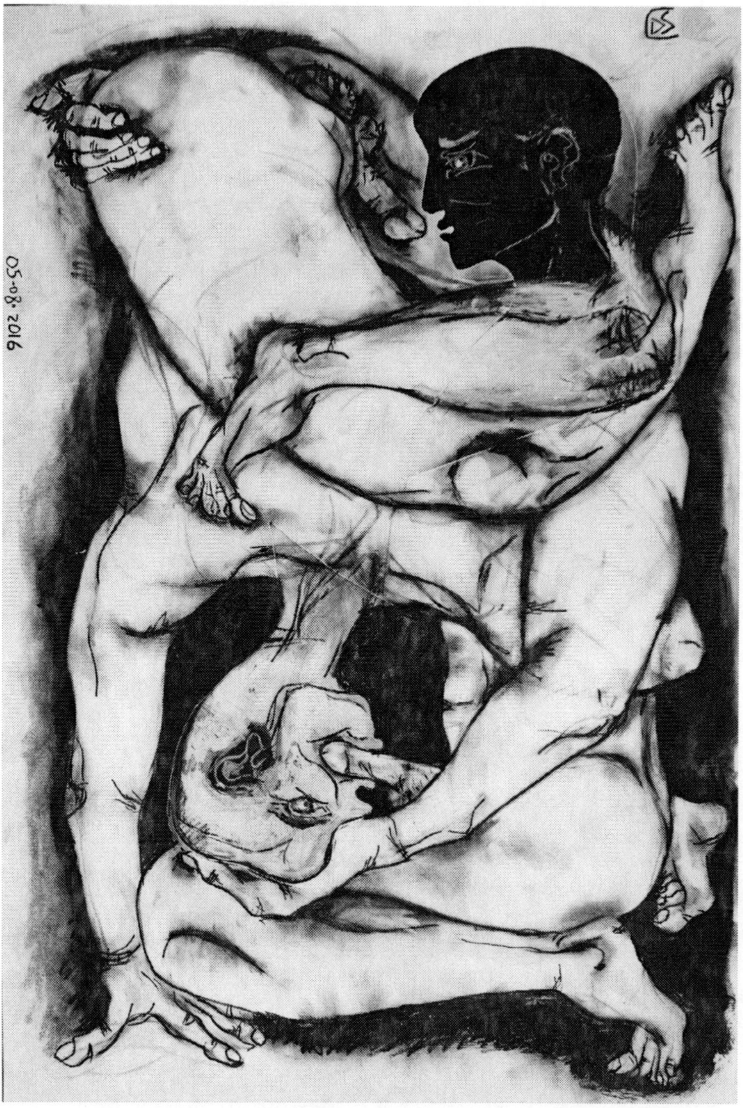
05-08-2016

07.08.2016

64.

Tua sombra cintila. Ela sintetiza fulgores, brilhos, cetins. Meu nome não está ali. Ali estão labirintos, vibrações e esperas de outros corpos. E o poço manco. E o camundongo de estilo a eliminar gravatas. Há um desenlace nela. Olho a bagatela da paisagem. Ignoro como fazer barganha com as horas. Em tua sombra – matizes, o pulsar da tirania, dunas de alarmes que engoli no feitio de facas. Na tua sombra o cheiro de cerveja, o rubro da cereja, a torta de chocolate naquela cantina. Lembras?

65.

Houve um chegar tão feito de partidas. E as horas se foram tornando poços turvos. Tudo que havia agora passa e fala de outras vidas, gestos dos quais despossuímos os traços. Nas mãos brotam eras de desacerto. *E de volúpia é feito o próprio espanto*, enquanto na janela bate e bale a brisa. Ela lateja em sulcos do teu rosto e senhas são cifradas nas estantes onde livros murmuram portos vagos, portos evanescentes, portos diluídos. Tudo ao derredor é tatuagem de espuma e carícias que se foram. Do centro da mesa se espraia o arder sem nunca mais lograr tua boca.

66.

É preciso refazer a loucura. Torná-la mansa. Incendeio estruturas de aço para que se desfaça o mito com gramática de absoluto que ostentas em minhas células. A anatomia está fendida – obscuras saturações. Teu rosto, teu corte certo arremetem contra os sinais confusos a se triturar entre ossos meus. A loucura é mordaça do impulso. Tiraniza sem proporção os ritos vegetais que me adormecem. Sem respirar o transitivo, meu interior te busca. Salobras as vésperas. Como reconstruir o eu cativo? Giras ao redor de cada artifício do mar a fim de não afogar restos de razão e pensamento. Aderno, submerjo, afunilo-me no escoar da graça que derramas ainda sobre fluídos. Os detritos da mente dançam ao ritmo da loucura. Ela é substância crepuscular. Ela me anoitece entre os braços e tento me defender de raios a fender a cama. Ali costumavas descansar após o escalpelo, murmurando sílabas de permanência em nome da contenção de minha loucura.

67.

As filigranas da dor. Se infiltram no vasto sangue. Ocupam as tubulações do ar. Deixam o corpo um repasto de marcas, estrias, convulsões. Cada centímetro dos ossos é teia rediviva do pulsar exasperado do mesmo pensamento a girar e girar em torno da figura evaporada como substância crepuscular. O peito – um lamaçal de ecos. As têmporas içam entre elas a selvageria da obsessão compulsiva. A compulsão arremete em direção do mesmo ícone sempre. A mensagem se repete na malignidade – Wallace se foi, jamais retorna ao esteio da casa edificada na rocha e em torno dele. A perplexidade se requenta na farmacologia e pílula a pílula entrincheira-se no cérebro o plasma incapaz de afastar a figura, o desejo, a corrente. Assombram-se esquinas após esquina e o corpo amortalhado retendo a ressonância de quem seria monopólio de vida. Wallace, no dengo, sob os cachos negros do cabelo, partiu. A moringa agora pinga musgo.

68.

Reclinado sobre a cama. De lado, com leveza, levas o joelho em direção ao peito. Sob a cueca branca as nádegas se ressaltam – pomos, dunas, globos carnudos. Com o dedo percorro a coluna até a nuca. Lambo, mordisco. Rebaixo a cueca e enfio o indicador no cu quase púbere, veludo aquecido, contubérnio do diabo. Depois agarro teu rosto, como a boca, a língua, sorvo as sílabas da saliva de doce embalo. Meu pequeno deus, sem manjedoura. Minha ventura imensa. O fosso que deglutirá minha razão.

69.

Arranca-me daqui. A tua boca de leopardo sobre a minha. Arranca-me agora, *antes que a carnadura se desfaça em sangue.* A noite está a um passo. Por que me tomas em tua mão? Crava teu peito no meu. Harmoniza a respiração com o ritmo que carregas. A agonia alongada precisa se desfazer. Ignoro a natureza do tempo. Dentro de mim ele gira em círculos de pontas agudas. A matéria do teu suor me alimentava. E sobre nós nada urde continuidade. O vinho derramou-se sobre a mesa. Cíclico de moscas escorrendo seus revoluteios em meus olhos. És novo. A ordenação na vida é límpida. Me desmancho em cobertores de ternura e afins. Estou longe de minha palavra. Do gesto a te engatar nestes ombros – camelo surrupiando o oásis quando te foste. Devo gritar o que seja ao teu lado. Me distendo pequeno, frágil, feito uma delicadeza que nem vês.

Après Hilda Hilst

70.

Enquanto escrevo decerto pulsas. Espalhas o calor de entranhas feitas de vibrações em vidro tépido. Não sei o que dizes a quem encontras no magma da noite perfurada por arrebatamentos e encantos. Eu digo aqui no acre périplo: volta. Contemplo tua ausência a correr pela casa e nada decifro. És o outro em busca de quem eu fui de modo artesanal. Enquanto escrevo saltas e danças por corredores de luz em falecimento. Abres a porta do quarto, ofereces o intenso de tua moradia. Enroscado na madrugada aqui espero a equação brotar dos dedos e finalizar o que comecei alhures. Me irmanei contigo, poucos os momentos. No padrão ondulatório do rapaz que és tudo assentou-se na brevidade. Maroto, moreno sobre a duna, atravessador de desertos. E chegaste a mim no modo serelepe e eu te cumpri.

71.

Querido garoto. Será que a morte tardará? Com 19 anos, a vida vale uma viagem? Vale os ouros frágeis de laços de circunstância? Ou tudo se resume a trevas disfarçadas por luzes intermitentes? O que restará em tuas mãos após o manuseio cuspido com veemência pelo sistema de comportamentos? Já te chamei de vulgar, ímpio, mercenário. Que sei da alma com certeza tão esburacada quanto a minha no curto trajeto que te coube? Andas com qualquer um na mercancia de balaios e peixes do milagre do judeu no deserto. Andas com qualquer um. O corpo se rasga por notas não muito altas. A ambiguidade e o complexo aparato da forma de ser em xeque com o estabelecido. Tiras do trono qualquer projeto. Destróis a esfinge. O ato está longe de enigmas. Vale o muco da troca. Sobre a areia a casa em que és enfrenta a tempestade de cada noite e basta um telefonema ao cara de dinheiro e cada vão da moradia se arranja. Vestes a cor do momento, nada deves a quem quer que seja. O ímpeto é o nocaute que pregas no cliente.

72.

Aos garotos é lícito o gesto largo. Quando acordam, lançam sobre o mundo o esplendor túrgido. Oferecem-se como seres lúbricos, óleo de alguém inteiraço na sua forma. Alguém dentro de mim dirá: calma. Eles ofertam a rubra papoula, o teso artifício da biologia, seus costados com odor de narcisos. Alguém dentro de mim sussurra: calma. Não é tempo de. No vórtice da luz eles sobrenadam como cantares do sexo. E quando anoitece revelam sua teia de carne sobre praças e becos. Devoro-me pela fantasia. Escorro a mãos pelas silhuetas. Suplico por mais uma entrega. Aos garotos é lícito ser tão belos na vertigem cujo serão é feira-livre. Se trituro pequenos leões com a juba da calma, me acalanto no lençol e a calma escafedeu-se para o brejo no sempre-nunca, cada ferro oxidado na lixívia de restos da noite.

73.

Se todas as tuas faces fossem minhas eu comporia o painel da completude. Por algum tempo eu fui um homem encontrando na noite o garoto protótipo do desejo. E com minha face poderias compor um ralo caminho de nada a outro nada. Me atiça um promontório lá dentro: que voltes. Se a voz da noite responder. Onde está você? Qual o grau de tua fervura? Por estas noites de séculos centrífugos em quem te enroscas? Preciso te ninar agora. Leite quente com bolacha. Cobertor. Nenhuma necessidade declina teu peito. O lunar efervescendo na pele que habitas vem até minha janela – um cordeiro imolado para banquete de deuses vesgos. Sabe qual é o barato? Eu jogar meus olhos sobre ti e só te encontrar. O mundo que se arrebente no balão da sua nulidade. Com este espanto e ternura só sei fabricar a presença maior da figura que levas pelas ruas antes de adormecer na cova de um salteador.

74.

Oi, garoto, você acredita em minha tendência à proteção? Queria te livrar da sanha da noite. Enluarado entre meus braços, estás livre de lobos e lobas, sangue fresco da madrugada. O corpo em que te moves ostenta tanta arte. Chega de alegrias ilusórias. É hora de aportares aqui, te imiscuíres em meu lastro, nada de transitório e instantâneo. Só entra no cálice de tua vontade o efêmero do dúbio. O fardo do supérfluo e do avulso incomoda em restrição teus cruzamentos de rara chegança. A venalidade reina ali onde remas. Dissipo a insegurança no abrigo aberto na finalidade confluída para ti. Baniremos o instável. O destino final é desconhecido. Mesmo assim, comigo, mitigas a estafa de círculos da noite no vira-vira. Conserva a vitalidade. Mantém a saúde. Aqui serás na eternidade de cada instante imenso feito um planetário.

75.

Aquilo que só se pode dizer uma vez eu não te disse. É uma palavra adormecida, refolho após refolho, e se desperta do vagar do sangue o peito jamais se fecha. Palavra visível de densidade terrena dentro dos longínquos limites de nossa fragilidade e agonia. Nela se concentram a oferenda e a entrega. E eu não te disse. Com ela te reportaria ao manso redil desta ternura minha, humana. Paciência, penso agora. Tudo passou e eu não te disse.

76.

As mãos abanam. Os pulmões se abrem ao teu sopro. Meus lábios estão rachados de tanto escalar os rochedos que te formam. As chamas de meu peito querem estes mamilos ali onde florescem pequenas rosas de tom ferrugem-mulato. Neguinho, chega sem pressa. Brumas são mentiras do tempo. As lacunas estimulam nosso contato e assim preenchemos cada grama do corpo com a substância que exalamos agora, depois, antes. Voar não é falha. Asa a asa seremos um. Tens tanta matéria para eu esculpir com a saliva, o suor, a febre. Chega sem pressa, neguinho. Sou o mesmo. Agora é manhã. A noite passou no sereno imperturbável. Desconheço tuas batalhas. Na ilha da consciência uma única cicatriz. Desta eu cuido. Acesso minhas reservas e te curo.

77.

Era o rapaz nunca anunciado. Vinha envolto em noite e verão. Recendia à camisa polo encarnada. Bermudas que revelavam plumas de sedução e ânsias de experiência sensorial. O riso inaugurava caminhos pouco freqüentados por mim um dia e outra vez na história do comezinho. O rapaz flanando entre o vermelho da camisa e o sapoti da graça do rosto. Nele as madrugadas erravam por prédios investidos de outras fachadas. Coligado meu coração palpitava por quarto estreito e quente onde o guri resplandeceu, seu flamejante escarcéu a escoar pela nudez lúdica.

78.

Vi majestade em ti e pelo visor do tempo encontrei retalhos, figurações descartáveis de quem fez da vida uma questão de rendimento. Meu corpo pulsou por ti num significado original fundido aos núcleos de beleza e aprendi a emboscada que se insinuava pelos teus gestos. Estremeci pela juventude que exalavas e aninha-se nela o musgo de atitudes de esperteza a lustrar teu brilho. Agora, prostrado, sugo gomo a gomo a estupidez do desapontamento. A luminosidade enfronhada no irreal, a soltura vulnerando minha carne enganada pela estação terminal, tudo, tudo resto após tua partida. Coveiro de Maldoror registro a dúvida: voltas?

79.

Que gesto é este que estonteado fazes ali na sombra? Meus olhos não decifram signos – estão nublados na embriaguez da partida. E sabes que daqui não me movo. A vigilância dos fantasmas. Eras pomar rescendendo a rondas do futuro e te plantei em odor de malva e marcela. Vacilei com algumas palavras. Na lâmina do baque do tempo te foste, forma de fraude. Restou o emblema na sombra: não quero lê-lo. Há espaço para escrutinar: se um grão de areia torna-se pérola no interior da ostra, por que você que tanto embalei, revirei, desabotoei entre meus braços não se transformou numa pérola negra?

80.

Maiakovski pede para ser ressuscitado por que é poeta ou qualquer coisa assim. Não chego a tanto – ser poeta? Que lance mais fora do eixo. Ressuscito-me, entretanto, a cada golfada de lembrança sua, meu neguinho. Da nuca aos calcanhares corre-me um barco bêbado tocado por árias de pífano. Ângulos torrenciais descem de paredes e atinjo figuras acústicas, degusto cores sob o império da névoa deixada para trás. A ausência esfola meu sangue. Ordeno em relevâncias tópicas os lugares de meu corpo onde você esteve presente com sua gentileza de floração em frenesi, a prosódia rica em emoção de derreter o aço em configurações de mundo.

81.

Teu nome – universo, galáxia. Voar pelos mares. Pérola na cabeça do homem. Estrias de eternidade na face do homem. Vida. Repositório do bem vital. Acesso a vastas extensões do continente da memória. Um alcançar de nuvens, um toque. Centésimo de ouro de brisa. E tens estrelas nos gestos. E se o homem te vê, põe as vísceras sobre o peito. Teu nome – tudo e mais um tanto. Velho uísque da chegança. Horizonte, advento, o verde. Em ti o pontiagudo é chama e chama-se graça. Nome de leveza, margem de rio, onda de espaço, gorgulho nas entranhas. Teu nome fica tremelicando sobre a vidraça. O homem tem ilusão de volta.

82.

Do outro lado do corpo é o nada, o não-organismo. A fronteira do corpo termina onde começa o infinito. Em nome desta lacuna, uns se embriagam, outros dançam com o desespero. No alçapão da hora, bebo o impossível, a marca que açula a reverberação daquele garoto que até outro dia estava a percorrer minha varanda, entre arbustos de rebrilho. Sorvo a alvura da anti-matéria, o oco do não-corpo além de mim, além do perfil que posso apalpar. Ao meu lado a ausência, a precariedade de tanta saúde, o filete sensorial a dizer-me não.

83.

Entre as mãos mora um anjo mulato. Não tem asas. Dispensa-as. Voa com seu sexo empinado por camas e artifícios. Joga com os olhos negros e cílios de veludo. Tudo nele seduz: a luz, o porte, a voz, a cor de tegumento, a gentileza de cavalheiro. Menino de muitas estradas, dono do seu pedaço. Descolado, solto, livre vai pela vida como quem faz da vida a vida. Seu jeito de dengo absorvente torna todo mundo escravo. Entre as mãos dorme um anjo mulato. Cuidado. Não o desperte. Sua beleza deve continuar intocada para a contemplação.

84.

O dia é secreto, chapa impenetrável de camadas em desagregação pela sola do mundo. Mornidade de migalhas pinga pelas paredes e se esparrama pelo chão. Há algo de irremediável amalgamado à cara do dia, sem o encantamento furtivo. Despido das rotas das horas pensava em pensar em ti, louvar teu destino com alguma ponte com o meu. Vi que é remédio vencido. O espesso da tua aura se desfaz diante do que contemplo. Preferi estar com amigos, trocar ideias sobre o absurdo da literatura. Brinquei com a filha de um, indiquei bibliografia a outro. No final, talvez minha densidade seja mais séria do que a tua. Adianta o quê?

85.

Quando te devorava não era este um ato canibal.
Tornava-me deus imergindo em outro deus. Percorria
teus labirintos nos quais resíduos de vertigem
transportavam meus pulmões para as docas do infinito.
Nas cavas do teu corpo, com a língua divagava enigmas.
Pela pradaria do púbis caía no umbral do ameno contato
com o arrebatamento. Eras uma vivenda de vitalidade.
Eu, itinerante. Refazia ali as engrenagens entortadas
pelo vapor áureo a brotar da obra de alta voltagem que a
natureza soube moldar em ti – veneração da minha fome

86.

Rosto talhado para absorver dedos de carícia. Traços viris sem perder a suavidade. Testamento masculino na doçura de quem não largou a adolescência ainda a galopar na fartura da vivacidade. Rosto com brilho próprio. Alfazema de mulato. Rosto cuja aragem deixava no rosto a impressão de quero-ver-mais. Morenidade escaldante na matinal urdidura de proa fendendo a cidade. Obstinado em ser belo, tinha o deslumbre dos rapazes que conhecem a certeza de não cair. Sussurrantes linhas no contorno do peito – certeza de floração: sou, tenho, posso. Rosto lavrado em áfricas de Eros blindado contra relâmpagos – navegante maravilha. Rosto de bem-estar indolente, crucial cruzamento com o formidável. Solar de metáforas noturnas. Maré com a algaravia de ilhas a postos. Rosto com ressonância do corpo, gritos de deleite. Rosto guarnecido por toques sem embaraço. Rosto luzidio, coisa mais querida.

87.

O corpo em bronze repleto de turbulento enleio. As pupilas cintilam em macio por suas mesmas aconchegâncias. É uma obsessão o corpo. Seu ouro no esquema permanece vitalidade fatal. De cativeiro aberto são seus braços. Desafio é demarcar a faina quando há calor de rocha. Instigar ao circuito o peito de mamilos que não se recusam. Endossar o matiz da pele. Mas que pele – abrandamento. Reconciliado está o coração que te sofreu. Basta de avidez insolúvel e subterrâneos. Basta de chacais se afinando para embaraçar a politonia de tua quintessência.

88.

Parece um filme. Desses que a gente vê e não compreende bem. Só que as cenas ficam murmurejando entre os escombros da mente, nos pilares do calcanhar, nas fossas nasais. A respiração é um ganso selvagem, bambu rígido, teso, hirto cutucando as ilhargas. Entenda: estou anestesiado. Ainda assim percebo o bisturi salgando os músculos. O sangue vai destemperado. Não, não dói. É deste jeito: uma crosta ao meu redor, algo vermelho pulsando lá no meio. Nada a reconhecer. Você é um decalque no ar diluindo-se ao sabor das trituradoras dos dentes. Entenda: estou longe da sua consistência. Há ciência da tez, dos olhos deliquescentes. Entenda: um toque sem a mão. O alfabeto rompido em sua conjuntura. Houve dogmas que prendi em você. Não fui eu a dirigir esta cena.

89.

Essa coisa estranha que morde por dentro. Vadeia os véus opacos. Rubra, rubra embrenha-se pelas matas. Rasga na penumbra. Deixa aturdido. A coisa estranha, trapaceira enreda-se sem franquia. Com seu horror paciente fisga as fianças em partículas. A aderência à aspereza se vai em surtos. Fica o entumescimento. A coisa estranha é intrusa. Conhece seu lugar. Palmilha com precisão intolerável o palmo de chão. Rompe. Golpeia. Entontece. O figo fica ressequido.

90.

Fecundo teus olhos com a poeira da tribo. Se sou multidão. Se sou outro. Se sou múltiplo – pouco importa. Rompo as fronteiras com o lado de fora de mim. Não me reintegro ao caos. Vejo a fertilidade no ato de te ver. Os saltimbancos descem a ladeira da madrugada. Sou o hóspede trapezista na cidade de tabus. Aceno ao interdito. Rompo a casca. Roo tuas unhas. Pelos bulbos desta presença entro em rotação. Vejo o espelho. Teu teorema montado para não me resolver. Há uma labareda de sândalo. O mapa degolado não te localiza. Se sou lacraia, pouco se me dá. No ato de te ver – a vida agirá.

91.

Não apenas sentir – vibrar no infinito interno do corpo. Reaver o rosto, teu rosto. Boca lambuzada no moreno florescer das sílabas. Não somente sentir – captar na grota mais profunda o ponto exato do teu ser que em neblina se embaça na sonda da distância. Teu corpo faz do destino um parêntese em aberto. Filtra, saqueia o ponto exato onde vida e paixão investigam o sentido.

Lá fora, os meninos voltaram a brincar.

O tanto que o corpo pode o corpo quer.
Assionara Souza
Amanhã, com sorvete!

Eu me encontro dilacerado entre o gosto do hábito e a fatalidade que me obriga a romper.
Jean Cocteau
A dificuldade de ser

Abraçados, os corpos, idênticos ou não, conhecem mais.
Adriano Espínola
Escritos ao Sol

Capa: Marcelo De Angelis
Ilustrações – capa e miolo: Carlos Dala Stella
Revisão: Bureau do Brejo
Projeto Gráfico: Fernando Ribeiro
Editoras Assistentes: Cristiane Nienkötter
Bárbara Tanaka

Editor: Sálvio Nienkötter

Dados Internacionais de Catalogração na Publicação (CIP)
Andreia de Almeida CRB-8/7889

Venturelli, Paulo
Bilhetes para Wallace / Paulo Venturelli. – Curitiba : Kotter Editorial, 2017.
132 p.

ISBN 978-85-684-6235-5

1. Prosa brasileira 2. Poemas em prosa brasileiros I. Título

CDD B869.1

Texto adequado às novas regras do acordo ortográfico de 1990, em vigor no Brasil desde 2009.

KOTTER EDITORIAL
Rua das Cerejeiras, 194
CEP: 82700-510 – Curitiba – PR
Tel. +55(41) 3585-5161
www.kotter.com.br | contato@kotter.com.br

1ª edição
2017

Este livro foi impresso em papel pólen
80g/m2, tipologia Crimson Text 11/15,
no verão de 2017.